Eigentlich ist er froh, allein zu sein während der langen Fahrt hinunter nach Mexiko. Doch im Überlandbus ist nur noch ein Sitzplatz frei, an der Seite von einer geheimnisvollen Schönen, einer schweigsamen Nomadin, die Nives heißt. Später, als sie durch die Wüste fahren, beginnt Loris mit ihr zu sprechen. Eine unerwartete Vertrautheit entsteht. Und auf einer verlorenen Umsteigestation finden sie für eine Nacht zueinander.

Ebenso schnell wie Loris und Nives sich einander nähern, verlieren sie sich auch wieder aus den Augen. Schon am Morgen nach ihrer ersten Nacht ist Nives spurlos verschwunden. Doch auf der Weiterreise nach Süden empfängt Loris immer wieder Nachrichten von ihr. Ein Brief, die Anspielung einer Señora, ein Friseur, der Grüße ausrichtet, und dann überrascht sie ihn plötzlich selbst in seinem Hotelzimmer. Sie warnt ihn vor Freunden, die mit Drogenhändlern und der Polizei gleichermaßen zu tun haben, sie will ihn zum Bleiben überreden und doch mit ihm fort. Je unbegreiflicher diese Frau für ihn wird, um so begehrenswerter erscheint sie ihm. Zu einer Eskalation, einer schlimmen Wendung der Ereignisse, kommt es auf einem Dorffest. Das Schildkrötenfest endet im Desaster, und alles erscheint plötzlich in einem anderen Licht. Mexiko wird zum Ort einer exotischen, einer trügerischen und zunehmend auch bedrohlichen Freiheit.

Joseph Zoderer, geboren 1935 in Meran, lebt heute in Terenten / Pustertal. Sein Werk, das Gedichte, Erzählungen und Romane umfaßt, wurde in mehrere Sprachen übersetzt und mit zahlreichen Preisen ausgezeichnet. Im *Fischer Taschenbuch Verlag* erschienen die Romane ›Dauerhaftes Morgenrot‹ (Bd. 9260), ›Die Walsche‹ (Bd. 13049) und ›Das Glück beim Händewaschen‹ (Bd. 13789).

Joseph Zoderer

Das Schildkrötenfest

Roman

Fischer Taschenbuch Verlag

Die Arbeit des Autors wurde durch den Deutschen Literaturfonds gefördert

Veröffentlicht im Fischer Taschenbuch Verlag GmbH,
Frankfurt am Main, August 1998

Lizenzausgabe mit freundlicher Genehmigung
des Carl Hanser Verlag München Wien

Gesamtherstellung Clausen & Bosse, Leck
Printed in Germany
ISBN 3-596-13925-2

An der Grenze mußte er den Bus wechseln. Er war hungrig, seit vielen Stunden hatte er nichts Warmes gegessen, aber, erschöpft von der Hitze und vom Warten in der Hitze, war er zunächst nur verrückt nach Kaffee und Wasser. In der Busstation hatte er an der Bar gleich einen American coffee und dann einen Tomatensaft bestellt und bald darauf in der Toilette Wasser vom Hahn getrunken und, wieder an der Bar, ein großes Glas eisgekühlter Milch. Schließlich eine Zigarette geraucht, mit dem guten Gefühl, unterwegs zu sein, und im Anschluß daran wieder in langen Zügen Wasser getrunken aus der öffentlichen Leitung. Sein Freund war nicht gekommen, er wartete fast einen halben Tag auf ihn, auf den Straßen rund um den Gebäudeblock der Busstation und drinnen in der Weiträumigkeit der Schalterhallen; draußen in der sengenden Wüstenhitze, drinnen in der Ventilatorkühle eines riesigen Kühlschranks, er war sich des Luxus bewußt, Wärme und Kühle, darüber konnte er zur Zeit selbst entscheiden, und daß sein Freund nicht kam, beunruhigte ihn nicht, er kannte ihn und seinen Zeitbegriff, außerdem hatte er eine mexikanische Hoteladresse im Notizblock, spätestens in Tepic würde er ihn treffen.

Jetzt war er nur mehr hungrig. Auf der staubigen Hauptstraße, die von der Zollstation ins Zentrum von Nogales führte, gab es vor allem Imbißstuben und Souvenirläden, er aß ein paar Chicken tostados, Toastbrötchen mit wenig Huhn und viel grünem Salat, über seinem Kopf flatterten die Flügel eines Ventilators, trotzdem rann ihm der Schweiß aus allen

Poren, aber daran hatte er sich gewöhnt, er zupfte nicht einmal an seinem Khakihemd. Mehr als eine halbe Stunde bis zur Abfahrt des Busses, trotz der Abendstunde spürte er auf der Straße keine Kühle, es war noch hell, und keine Straßenlampe leuchtete. Die Leute, die er sah, waren entweder Touristen wie er, die sich die Zeit vertrieben, oder Grenzgänger und einkaufende Pendler, es herrschte kein Gedränge in der breiten Straße mit meist niederen Häusern, darunter vielen Blechdachbuden, niemand schien es eilig zu haben vor den Läden und Kneipen. Später dachte er, daß er auch sie so zum erstenmal gesehen oder doch in den Blickwinkel bekommen hatte, stehend im schmalen Schatten eines Blechdaches, vielleicht lehnte sie mit einer Schulter an der Mauer und traf mit ihren Augen seinen Blick, er war sich dessen nicht mehr sicher und mißtraute seiner Erinnerung, wahrscheinlich hatte er sich nur ein Bild gemacht: Sie stand da, und er dachte: zu schön, ja tatsächlich, wo immer er sie zum erstenmal gesehen haben mochte, zuerst und vor allem anderen hatte er gedacht: zu schön, und gleich darauf: irgendwie zu grell; für diese Worte hätte er später andere Worte einsetzen können, wie: zu lebhaft oder zu fröhlich, oder zu lustig, zu lebenslustig, er hätte statt grell auch schrill sagen mögen.

Sie saß neben ihm im Bus und döste oder blinzelte in die untergehende Sonne hinein. Als er vorne beim Fahrer eingestiegen und den Mittelgang heruntergekommen war, hatte er sie am Fenster sitzen gesehen, er wollte seine Ruhe haben und fragte, ob der Sitz neben ihr noch frei sei, sie antwortete zerstreut: Ja. Und da sah er den Fleck, den sie hatte, dieses Muttermal oder was es war, es konnte auch vertrockneter Orangensaft sein, nur etwas dunkler als die Gesichtsblässe, an der linken Halshälfte gleich unter dem Kinn. Sie lächelte ihn blitzartig an, aus Höflichkeit oder Ärger oder Gleichgültigkeit, wahrscheinlich wollte auch sie in Frieden gelassen sein, ihm war es recht, fast fühlte er so etwas wie Dankbarkeit, er hatte mehr als 1200 Meilen Busfahrt vor sich, ungefähr soviel wie die vertikale Durchquerung Europas, zumindest Hamburg – Neapel oder Berlin – Barcelona. Vielleicht hätte er in den ersten Minuten, als der Bus durch Nogales hinausfuhr in die Kaktuswüste, noch seinen Platz gewechselt, weil er jetzt kein Reden mochte, aber auf den Sitzen hinter ihm kreischte eine Schar von Kindern, und wo immer er hinsah, waren Köpfe, kein einziger leerer Sitz. Er spürte, wie der Schweiß sein Khakihemd tränkte, die Luftkühlung war kaum zu spüren. Vor dem Fenster waren die phantastisch geschwungenen Hügel verschwunden, die er vor der Grenze bewundert hatte, versteinerte Brandungswellen vielleicht, vom Wind und von der Sonne kahlgenagt, nun schaute er auf eine scheinbar erdige Ebene, als wäre sie erst kürzlich abgebrannt worden, er wußte, daß es so nicht sein konnte, aber die zwei und drei Meter hohen Kaktusrümpfe waren schwarz, schien ihm, an den Armstümpfen geschwärzt oder verrußt. Irgend etwas drängte ihn, hinauszuschauen auf diese schmutzige Wüste, aber er sah nicht durch das Fenster, an dem sie linker Hand saß, sondern durch die Fensterwand rechts des Mittelgangs: Opuntien, Pflanzungen. Gab es Opuntienpflanzer? Warum nicht, die Früchte dieser Kakteen hießen indische Feigen, er lachte still in sich hinein, lachte sich aus, hier hatte ein mexikanisches Feuer die indischen Feigen abgebrannt, und außerdem waren das, was er sah, wohl keine Ohrenkakteen, sondern außer Kontrolle geratene Zimmerkakteen, mannsgroß die meisten und viele übermannsgroß, schwarze Invaliden. Wenn immer Menschen zu sehen waren, dann vor oder neben windschiefen Blechschachteln; da und dort ein Ringelschweifhund, manchmal auch ein Schwein, das mit dem Rüssel den grauschwarzen Boden furchte.

Er wunderte sich, daß er sich so ruhig fühlte, so aufgehoben, obwohl er nicht an ihrem Gesicht vorbei durchs Fenster blickte. Sie teilten ein angenehmes Schweigen, oder ein stummes, sparsames Reden von Leuten, die ein unausgesprochenes Einverständnis verband. Oder war er nur müde und also zu erschöpft, um neugierig zu sein? Nein, er lebte, er spürte, wie er sich Zeit ließ, um zu leben. Draußen röteten sich die Kaktusarme, die rechtwinklig erhobenen Arme, die aus der Hüfte, aus der Brust und aus dem Unterleib herauszuwachsen schienen, jeweils in eine andere Windrichtung. Als seine linke Seite von raschelndem Papier gekratzt wurde, blickte er auf ihre Schläfe, auf ihr Haar, sie blätterte schnell in einer Zeitung, in einem französischen Massenblatt, wie er den Titelzeilen entnahm. Nirgendwo war die versinkende Sonnenkugel zu sehen, sie fuhren in die Nacht hinein, er war ohne Sprache, aber seine Sprachlosigkeit deprimierte ihn nicht, im Gegenteil, es beschwingte ihn, daß er nicht reden mußte. Plötzlich hörte er ihre Stimme, sie entschuldigte sich auf spanisch, daß sie ihn mit der Zeitung berührt hatte. Er war so erschrocken über die plötzliche Unterbrechung ihres Schweigens, daß er nur sagte: Nichts. Er wollte »keine Ursache« sagen, doch sein Spanisch war dürftig, er hatte »nichts« gesagt und »macht nichts« gemeint. Sie hielt weiterhin die Zeitung auseinandergefaltet in ihren Händen und lächelte, als wäre sie im Gespräch mit ihm. Und da begann er tatsächlich zu sprechen: Ob sie Mexikanerin sei, fragte er auf englisch. Und sie wandte das Gesicht ihm zu und sagte: Nein, ich bin Französin, aber auch Spanierin, und sie lachte, und während sie lachte und ihn ansah, steckte sie die Zeitung neben den Sitz.

Vielleicht wie er zum erstenmal in Mexiko? redete er weiter, ohne neugierig zu sein, und doch hob ihn etwas in ein angenehmes Wachsein.

Nein, hier bin ich fast zu Hause, jedenfalls mindestens so daheim wie in Casablanca, sagte sie.
Casablanca?
Ja, da bin ich zur Schule gegangen.
Ihr Vater sei Berufssoldat gewesen, zuletzt Major bei der Fremdenlegion, und habe sich nach seiner Pensionierung mit ihrer Mutter in Casablanca niedergelassen.
Er kommt von Afrika nicht los, sagte sie, mein Vater. Meine Mutter wäre lieber nach Barcelona zurückgegangen, in ihre Stadt.
Vor den Fenstern war es ganz plötzlich Nacht geworden, eine Tintenschwärze, durch die sie mit gleichbleibendem Motorengeräusch fuhren. Einige Reisende knipsten die Sitzlampe an; die Kinder hinter ihm waren verstummt. Er fragte, ob sie auch eine Lampe eingeschaltet haben wollte, sie hob die Schulter: Ganz wie er wolle. In dem schwachen Leselampenlicht sah er ihr Gesicht wie zum erstenmal. Obwohl sie beide im Halbdunkel saßen, wußte er, daß ihr Gesicht schmal war und fein, seltsam, dachte er, denn sie lacht wie ein Clown, ihre Augen beobachten dich und sind traurig, ach was, die Augen sind nicht traurig, sie schauen und schauen, sie glitzern vor Neugier, weil sie es aufnehmen will mit dieser Welt, oder weil sie dumm ist?
Es fiel ihm erst nach einer Weile auf, daß er nicht redete, obwohl er das Gefühl hatte, nicht stumm gewesen zu sein, vielleicht war sie schon eingeschlafen oder tat so, seltsamerweise war es nicht wichtig für ihn, er schloß die Augen, aber er war nicht müde, nein, er hatte ganz und gar keine Lust zu schlafen; wenn er die Augen schloß, sah er, wie es schneite. In einem wüstenartigen Streckenabschnitt zwischen Wyoming und Utah hatte es geschneit, in Cheyenne, der letzte Maitag, vor dem Motel fegte ein eiskalter Sturmwind die Straße blank, es schneite, und das Land schien ohne Horizont zu

sein, die Straße und die Telegraphenmasten verloren sich nadeldünn in der Ferne, nirgends Häuser, es schneite, und zwischendurch schien die Sonne, beleuchtete für Augenblicke die Flockenstriche und verschwand wieder, es war, als inspizierte sie von Zeit zu Zeit den Schneefall in der Wüste, ihr eigentliches Terrain.

Ja, er wußte selbst nicht, warum er ihr plötzlich in die Schlafstille des Busses hinein von Schnee zu erzählen begonnen hatte, wahrscheinlich, weil sie auch jetzt eine Wüste durchquerten, oder weil die Luftkühlung in diesem Bus kaum zu spüren war, oder weil der Schnee zu seiner Kindheit gehörte, zu seinem Vertrautesten, als ob er in einer Schneehöhle geboren worden wäre.

Sie lachte leise vor sich hin und versuchte ihm zu erklären, daß Schnee für sie das Gegenteil ihres vertrauten Elementes sei, Hitze, glühheiß alles, was sie als Kind außerhalb des Hauses berührt habe, vom Schnee habe sie immer geträumt wie von etwas wunderbar Fremdem, das man fürchtet und doch lieben möchte, wie von Silber, wenn der Regen aus Silber wäre, der Schnee sei eben weiß und so wollig, wie sie sich die Heimat ihrer Mutter immer vorgestellt habe, auch wenn Barcelona wohl nur für sie nördlich liege, in ihrem Kopf. Sie flüsterten miteinander, obwohl sie gar nicht zu flüstern brauchten in diesem stickigen Nachtbus, in dem geschnarcht und gehüstelt und halblaut gesungen wurde; auch hörte er immer wieder ein zorniges Gezischel, sei es die Stimme einer müden Mutter oder eines streitsüchtigen Trinkers, sie flüsterten zuerst mühsam in einer Mischung aus Englisch und Spanisch und Französisch, aber sein Spanisch und Französisch rutschten immer weiter ins Italienische, bis sie schließlich bemerkten, daß sie miteinander Italienisch sprachen. Plötzlich fragte sie ihn: Warum sprichst du Italienisch?

Ich komme aus dieser Sprachgegend.

Also bist du Italiener.
Nein, sagte er, eigentlich nein.
Was bist du dann?
Das ist etwas kompliziert: ich spreche deutsch, aber ich habe einen italienischen Paß. Er wollte jetzt nicht darüber reden, seine Sprache und die andere Staatszugehörigkeit hatten ihn immer vor die Wahl gestellt: entweder eine Geschichtsstunde zu geben oder suspekt zu sein. In diesem Moment wollte er lieber suspekt sein, und zugleich wunderte er sich, warum sie so gut Italienisch sprach. Ob er jemals von Bergamo gehört habe, fragte sie ihn.
O ja, sagte er, aber ich war nie dort.
Sie habe in Bergamo, erklärte sie ihm, ein Jahr an der Universität gearbeitet, Paukerkurse, fügte sie lachend hinzu, als ob sie etwas Unrechtes oder Unernstes eingestanden hätte.
Er schwieg, und je länger er hinausschaute, über die Köpfe und Sessellehnen hinweg, zu den Fenstern auf der anderen Seite, desto mehr hatte er den Eindruck, als schwitzte das Scheibenglas vor lauter Nacht. Sie hatten einander noch nicht einmal nach dem Namen gefragt, auch nicht, wann und wo sie aussteigen würden.
Der Bus hielt an den Stationen höchstens jeweils zehn Minuten –, es war nie Zeit genug, sich umzusehen. Tatsächlich hatte er sich gefreut, als er an der Grenze erfuhr, daß der nächste Bus ein Fernstreckenbus war, ein Expreß mit Ziel Mexico City. So weit wollte er nicht, doch es war ihm recht, wenn er so schnell wie möglich nach Tepic kam, in die Stadt, die siebenhundert oder achthundert Kilometer vor der Hauptstadt lag, er hatte die Hoteladresse seines Freundes dort.
Er spürte, daß sie nicht schlief, auch wenn sie die Augen geschlossen hielt, sie lehnte mit der Schläfe an dem zum Fenster hin gereckten Sesselohr. Neben ihm, auf der anderen Seite

des Mittelganges, wehrte sich ein Baby gegen ein Unbehagen – seine Mutter, eine dunkelhäutige junge Frau, bemühte sich, unterstützt von einer älteren Mulattin, den Säugling in trokkene Windeln zu legen, aber der Winzling kreischte, bis ihn die Mutter endlich an die Brust gelegt hatte; jäh wurde es still.

Wie wär's, fragte er vor sich hin, doch so, daß sie es hören konnte, wie wär's, wenn wir beim nächsten Halt aussteigen?

Du meinst, mit dem Gepäck? antwortete sie und ruckelte sich in eine annähernd aufrechte Sitzposition. Die Frage, die eigentlich schon eine Antwort war, überraschte ihn.

Oh, lachte er auf, warum auch nicht, ich dachte nur: um etwas zu trinken oder wenigstens ein Sandwich zu kaufen.

Ich hab ein paar Brote bei mir, sagte sie und holte ihre Tasche unter ihrem Sitz oder zwischen ihren Füßen herauf, ich hab auch etwas zu trinken, lächelte sie ihn an, allerdings nur Mineralwasser.

Danke, sagte er.

Er hatte mit einigen längeren Zwischenhaltezeiten gerechnet und sich mit nichts versorgt. Mehr noch als Appetit hatte er Lust auf Wasser oder Bier, nein, hob er die Arme, danke, ich bring jetzt keinen Bissen herunter. Sie goß einen Pappbecher halbvoll mit Wasser.

Er trank, und während er ihr den leeren Becher zurückgab, sagte er ihr seinen Namen.

Loris, sagte sie, und lehnte sich in den Sessel zurück, Loris gefällt mir, è bello. Sie hob ein wenig ihr Gesicht und sah ihn direkt an:

Ich heiße Nives.

Sie sprach den Namen wie eine Italienerin aus. Ihr Gesicht war wieder in die Polsterung zurückgesunken. Der Ellbogen seines rechten Armes, der, ohne daß er sich dessen bewußt war, über den Sitz hinausragte, wurde jäh gerammt. Als er aufblickte, sah er den Umriß eines breiten weißen Hemdrückens, und gleichzeitig roch er eine Schweißwolke, die ein kurzbeiniger Dicker verströmte, der sich eben an ihm vorbei durch den Mittelgang gedrängt hatte und nun in gekeuchten Kehllauten auf den Fahrer einredete. Loris hielt seine Karte ins spärliche Licht der Leselampe: Der nächste Halt mußte Hermosillo sein und würde ihnen vielleicht zehn Minuten Zeit lassen, um an einen Kiosk zu kommen. Sie waren bereits mehr als drei Stunden unterwegs, in Santa Ana hatte er den Halt kaum bemerkt, jetzt war Mitternacht schon vorbei.

Bist du nur unterwegs, hörte er sie fragen, oder fährst du wohin, ich meine, an einen bestimmten Ort?

Ich habe eine Adresse in Tepic, sagte Loris, ein Hotel oder was immer es ist, ein Gasthof oder eine Absteige, dort müßte ich einen Freund treffen. Er kramte ein dünnes Notizheft aus seiner Hemdtasche, zeigte ihr die Adresse. Sie sah kurz hin: Oh, das kenne ich, sagte sie, nicht weit vom Hauptplatz. Ihr Gesicht wurde plötzlich von Lichtwellen überflutet, sie fuhren offensichtlich in Hermosillo ein, das Neonlicht streifte ihre Augen, ließ sie aufglänzen und erlöschen, Licht und Dunkel wechselten sehr schnell, bis schließlich der Bus mit schleifenden, quietschenden Bremsen hielt.

Vielleicht könnten wir – Er wollte sie einladen, mit ihm nach draußen zu kommen für die paar Minuten des Halts. Aber da schrie der Fahrer schon eine Suada über die Köpfe nach hinten. Wir müssen den Bus wechseln, sagt er, seufzte Nives, mit diesem hier ist irgendwas nicht in Ordnung, der Fahrer meint, eine halbe Stunde Verspätung wäre möglich.

Sie steckte die Zeitung und die Wasserflasche in ihre Stofftasche, die nicht viel größer war als die zwei hölzernen Ringe, die sie zusammenhielten. Seine Reisetasche war in der Ge-

päcklade im Bauch des Busses. Er spürte, daß er lächelte; ihr Lächeln sah er mitten im Schwall der hin und her schwirrenden Rufe, sie standen, eingezwängt zwischen drängelnden Menschen, in einer Wolke von Schlafausdünstungen, Schweiß und billigem Parfüm. Sie ließen sich hinausschieben und wurden auf diese Weise aufeinander zugedrängt, er sah ihren Minirock, und ohne daß er es verhindern konnte, wurde er von den Nachrückenden auf sie hingepreßt, ihre Haare rochen nach harzigem Rauch. Als sie endlich aus dem Bus steigen konnten, bemerkte er, daß Nives schwarze Lackschuhe trug mit beinahe flachen Absätzen.
In der kleinen Halle der Busstation war noch ein Ausschank offen; in der Tresenvitrine lagen ein paar Chicken tostados, die ihm aber eher den Hunger vertrieben.
Mineralwasser oder Bier? fragte er.
Lieber ein Bier, kurz vor dem Zubettgehen, lachte sie, und auf italienisch klang es nicht frivol: Fa bene prima di dormire, ein Schluck Bier bekommt dem Schlaf. Sie begriff sofort, daß er gerne etwas gegessen hätte, aber daß die Toasts nicht danach aussahen. Sie wechselte ein paar Worte mit dem etwas qualligen Mann hinter der Theke, worauf dieser für kurze Zeit in einem Hinterraum verschwand.
Nives saß ihm gegenüber an einem Tischchen, über das nicht einmal ein Papiertuch gebreitet war. Sie sah ihn an, und eigenartigerweise erschreckte ihr Blick ihn nicht, nein, sie lehnte sich auf ihrem Stuhl zurück und sah ihn an, als ob sie ihn erst jetzt entdeckt hätte. Er war so müde, daß er sich etwas überdreht vorkam, wie nach einer durchzechten Nacht. Ein Junge in schmierigen weißen Hosen stellte ihnen zwei Bier hin. Loris trank sein Glas in einem Zug fast aus. Vielleicht hatte sie graue Augen oder braungrüne – ihr Gesicht strahlte ihn an, als ob es ihr Freude gemacht hätte. Oder war es Spott, lachte sie ihn aus? Sie trank in kleinen Schlucken, und als er

für sich ein zweites bestellte, fragte sie ihn, ob er schon Tequila getrunken habe.
Nein, das heißt, aber ich weiß, was es ist.
Sie winkte dem Jungen, und er hörte, wie sie ihm mehrmals Tequila zurief. Gleich darauf brachte der Junge eine Pfanne mit einem großen Eieromelett, und der schwabbelige Barkeeper stellte zwei Gläser und eine Flasche auf den Tisch. Er goß die Gläser halbvoll und ließ die Flasche vor ihnen stehen. Loris zerlegte sein Omelett mit zwei, drei Messerschnitten und spießte die Happen auf die Gabel, tunkte mit Weißbrot das Öl auf, er war hungrig, o Gott, er hätte gleich noch einmal eine Pfanne bestellen mögen, aber der Bus, er sah auf die Uhr, sie hatten noch knapp zehn Minuten.
Salut, sagte sie und reckte ihm ein kleines halbvolles Wasserglas entgegen.
Er hätte gern ein zweites Glas Bier gehabt, aber das hatte der Junge wohl vergessen oder nicht kapiert. Er hob sein Tequilaglas und dachte an den Konsul aus »Unter dem Vulkan« und nippte kurz, legte dann den Kopf zurück und trank langsam das Glas aus. Der Tequila schmeckte nach alkoholversetztem Seifenwasser, oder nein, eher wie schales Wasser, das plötzlich zu brennen anfing. Nives hatte sich auf ihren Stuhl zurückgelehnt und hielt, einen Arm unter der Brust, ihr Glas an die Lippen und lachte ihm zu, als wäre er nackt. Trotzdem oder gerade deswegen fühlte er keine Entfernung.
Er sah zu, wie sie, ohne mit ihm zu reden – obwohl es war, als redete sie ununterbrochen mit ihm –, mit dem Glas an der Unterlippe entlangfuhr und es ein wenig anhob, es war wie ein Einverständnis, und tatsächlich streckte sie bald einen Arm aus und öffnete die Handfläche, in die er seine Hand hineinlegte. Eine große Leere benahm ihm für Sekunden den Atem, doch gleich darauf überkam ihn eine nie zuvor gekannte Heiterkeit, die ihn sprachlos machte und zu-

gleich wunschlos. Der Junge kam und legte die Rechnung auf den Tisch, Loris griff in seine Hemdtasche und wußte in diesem Moment, daß er keine Dollar eingewechselt hatte. Nives legte eine Hand über seine Geldscheine, zupfte einen hoch, gab ihn dem Jungen und rief ihm etwas nach, das Loris nicht verstand, aber er wunderte sich nicht, als wieder zwei Gläser Tequila und zwei Gläser Wasser serviert wurden.

Er saß ihr gegenüber und dachte, ich sehe die Schweißperlen auf ihrer Stirn, und preßte seinen Rücken gegen die Lehne des wackeligen Stuhles, unser Bus fährt ab, sagte er, wenn wir nicht gleich aufstehen und loslaufen, fährt er ohne uns ab. Er wollte nicht aufstehen, auch wenn es ihn verwunderte. Sie erreichte mit einem Finger seine auf dem Tisch liegende Hand.

Los, sagte sie, steh endlich auf.

Er lehnte sich mit der Schulter an die Fensterscheibe, und hinter dem Glas war die neonbeleuchtete Nacht der Busstation von Hermosillo.

Warum, fragte er und sah in ihr Gesicht. Ihre Augen schienen Zeit zu haben ausschließlich für ihn. Es kümmerte ihn nicht, ob sie etwas von ihm wollte – ihr Blick war plötzlich etwas, was ihn verwirrte, eine jähe Anziehung und eine jähe Unbekümmertheit zugleich, und dennoch durchströmte ihn eine nie zuvor gekannte Sorglosigkeit, dabei war er hellwach, ihm fiel sogar ein, daß seine Koffertasche – alles, was er außer dem Reisepaß hatte – im Laderaum des Busses zurückgeblieben war, ich, sagte er, ich bin hier irgendwie zu Hause. Sie sah an ihm vorbei, zum erstenmal, daß er diese Art zu schweigen wahrnahm. Draußen war alles noch gleich beleuchtet von den wenigen Neonlampen.

Willst du wirklich hierbleiben? fragte er, und sie lachte: Was heißt hier?

In diesem Moment fühlte er sich frei, ich bin hier, dachte er, und wiederholte es für sich, ich bin hier. Das einzige, was ihn wirklich interessierte, war aber, daß auch sie hier war. Draußen rollte der Bus weg, sein massiger Umriß verdunkelte einen Atemzug lang das Fenster.

Er erzählte ihr von dem Sonntagmorgen in Cheyenne, von dem eiskalten Wind, der den Schnee über die Hügel in die Ebene gefegt hatte und über die Autobahn, die ihm endlos und mörderisch erschienen war, bis er dieses fremde, nagelneue Auto auf dem Parkstreifen vor dem Holiday Inn Hotel geparkt hatte, nach vielen Hunderten und Hunderten Kilometern ununterbrochener Fahrt mit diesem Histologen, einem pickelig gedunsenen Endzwanziger. Das Land, durch das er gefahren war, bei Tag und Nacht immer er am Lenkrad, hatte ihn fliegen lassen wie auf Drachenflügeln: Du könntest, dachte er, sogar über die Horizontlinie hinausschauen, über die blauschattigen Hügel auf der anderen Seite. Der Dicke – ein Siebenter Adventist, der sich in einem Militärspital in Washington auf seine Zeit als Missionar in Indien vorbereitete – hatte ihn außerhalb von Kansas City aufgenommen, ja, ich stand in tiefem Sommergras, ringsum Fröschequaken, ich rollte den Schlafsack aus, wollte schon neben der Fahrbahn übernachten, als ein Wagen hielt, ebenjener Mustang, den dieser Militärmediziner für seinen Oberst an die Küste südlich von Vancouver bringen mußte – ein nagelneuer Superschlitten. Zwischen mir und sich, sagte Loris, hatte er eine Bibel und eine Plastikschachtel mit einer Mikrobenzucht deponiert, oder was immer das gewesen sein mag, einerseits beeindruckte er mich damit, daß er seine Forschungsarbeit Tag und Nacht überwachte, andrerseits war es eine Art Drohung: Ich bin dafür verantwortlich, daß alles unter Verschluß bleibt, rühr nichts an, was ich nicht will, daß du es berührst. Aber ich bekam keinerlei Probleme mit ihm, erzählte Loris, obwohl er

mir bald zu verstehen gab, warum er mich in den Wagen genommen hatte.
Während er erzählte, sah Nives ihn an, er dachte: belustigt, oder lachte sie über ihn? Wahrscheinlich interessierte sie nicht besonders, was er daherredete, oder murmelte er? Nein, er bemerkte, daß er sich sogar irgendwie beobachtete, während er zu ihr hinüberredete, es war nicht wichtig, wovon er sprach – oder doch, sie wollte ihn einschätzen können. Es kam ihm vor wie ein Spiel, ein Vermessungsspiel, dessen Grenzen sie bis zum Zerreißen dehnten.
Und dann habt ihr in Cheyenne miteinander geschlafen? fragte sie.
Es war eine verrückte Fahrt, wir haben zusammen den halben Kontinent durchquert, und Lee, wie er sich nannte, begriff wahrscheinlich schon bald, daß er sich in mir geirrt hatte, meinte Loris, ein wenig wurden wir halb zu Feinden, halb zu Freunden. Ich staunte selbst, sagte Loris, wie mich die Situation verwandelte, ich meine, es ging alles so schweigsam vor sich, ohne Streit, ohne laute Worte, ich saß fast immer hinter dem Lenkrad, und wir hielten beinahe ausschließlich an Tankstellen, aßen in der Selbstbedienungsbude nebenan oder in irgendeinem Drive-in einen Hamburger, ich gab die Autoschlüssel nicht mehr aus der Hand, und er forderte nicht einmal ihre Herausgabe, nicht ein einziges Mal versuchte er mich loszuwerden, auch wenn ich ihn ans Steuer ließ, nie sagte er: hau ab, wir fuhren an allen Motels vorbei, in denen seine Übernachtung vorgemerkt war, nur ein einziges Mal auf der ganzen Strecke von Kansas City bis Sacramento schliefen wir, na eben in Cheyenne, wir waren vollkommen erledigt, undenkbar schon längst, daß er mich anzurühren gewagt hätte.
Sie füllte noch einmal sein und ihr Glas, und obwohl er sich auf seinem Stuhl zurückbog, sah er ihr Gesicht ganz nahe, ihr

Mund war vergrößert und ihre Augen waren vergrößert, und warum redete sie so wenig, er wollte nicht mehr trinken, er wollte sie hören und sehen können, nein, sagte er, als sie ihm sein Glas entgegenschob, und dann trank er es doch aus. Plötzlich stand sie auf seiner Seite des Tisches, neigte sich ein wenig über ihn, der noch saß, und flüsterte ihm auf spanisch zu: Vamos, laß uns gehen. Und er fragte nicht, stand auf, spürte, daß er sich Mühe geben mußte, auch auf der schwachbeleuchteten Treppe des Hauses hinter der Busstation. Nives schloß eine Flügeltür auf, hoch und schmal, weißlichgrün wie ein Libellenflügel, nur nicht so durchsichtig, dachte er später, wenn er sich an das winzige schiefe Zimmer erinnerte, das zu hohe Wände hatte, aber kaum drei Meter breit war, vermutlich war es der abgetrennte Teil eines Saales gewesen, und es gab darin lediglich ein großes Bett, keinen Schrank und keine Badewanne, bloß eine Duschecke und diesen komischen Vorhang vor einem mit Brettern zugenagelten Fenster. Zum erstenmal spürte er, daß ihre Hand ihn suchte, ihn verlangte, sie zog ihn an sich heran, er fühlte ihre Fingerspitzen auf seinem Gesicht. Sicher, er war betrunken, und doch erinnerte er sich, daß er sich völlig wach wußte, so wach wie nie zuvor. Er hatte sie gerufen oder sie hatte ihn gerufen, egal, er dachte singend, tonlos singend, während Bildsätze wie Filmuntertitel in seinem Kopf zersprangen: Und wenn sie eine Furie ist, die jetzt ihre bewußt sanfte Phase hat, sie kann sein, was immer, ich werde zurückbeißen. Er roch trotz seines verschwitzten Hemdes ihre Haut, als hätte er die Asche würziger Kräuter gerochen oder verbrannte Pinienrinden. Sie lag über seinem Arm, und rund um die Zimmerlampe surrten die Fliegen der Nacht. Er fragte nicht, und sie fragte nicht, er atmete und hörte ihren Atem. Was ihn verwirrte, war, daß Nives sich nicht fremd anfühlte, im Gegenteil, daß sie so vertraut über das gleiche lachte wie er, sie redeten von den gleichen Ängsten, ihre Nähe machte ihn halb ohnmächtig, er leckte ihre Haut, er leckte ihren ganzen Körper ab, er leckte ihren Schweiß weg, ihr Salz, mit einem bürokratischen Genauigkeitssinn leckte er jeden Quadratmillimeter ihres Bauches, ihrer Brüste, er kroch mit seiner Zärtlichkeit über sie hinweg, auf alle Antworten lauschend, und schlich sich ein in die Achselhöhlen, als gehörte er seit je in diese Nähe, als gehörte er dazu, und kannte doch nichts davon.

Sie waren in der Finsternis, in einer Lichtlosigkeit, die er einatmete, er liebte Nives, als lägen sie halb erfroren in dieser Nacht im Sand zwischen Opuntienstümpfen in einer feuchtkalten Wüste. Sie sagte zu ihm, während er in sie einsank, jetzt weißt du, daß ich kein Mädchen bin oder keine Frau, wie du sie kennst, und er ließ sie Atem holen und griff mit einer Hand in ihre Haare, ich weiß, was du bist, sagte er, und sie flüsterte, warum hast du mir nicht früher gesagt, daß du es weißt? Weil es nicht eilte, lachte er, und erst nach einer langen Pause, in der er sich nur auf ihre Haut, auf die kaum merklichen Bewegungen ihrer Haut konzentrierte, sagte er: Weil ich noch mehr wissen will von dir.

Sie hatten später alle Lampen, die es in diesem Tapetenzimmer gab, angeknipst, die Deckenlampe, die zwei Kerzenlampen beiderseits des pompösen Spiegels gegenüber dem Bett und die Nachttischleuchte, trotzdem fühlte er sich in einer Art tiefer Finsternis, als hätte er zeit seines Lebens die Augenlider zugeklebt gehabt und ahnte nur das Licht von ferne. Wenn es nach ihm gegangen wäre, hätte er Scheinwerfer eingeschaltet, er wollte Licht, um alles zu feiern, er hielt ihr Gesicht mit beiden Händen, es war, als flöge er über Nives, weit unten sah er ihr Gesicht wie einen glitzernden Stein. Erst jetzt fiel ihm auf, daß sie rauchte, irgendwelche stark aromatische Zigaretten, er war Nichtraucher, sie mußte sich über ihn beugen, um die Asche abzustreifen in dem Glastellerchen

neben der Nachttischlampe, er sog ihren Rauchatem ein und hörte sich selbst sagen, daß er hierbleiben wolle, in dieser Wüstenstation. Und sie sagte: Ich auch. Und sie sagte: Für immer. Bis zu meinem Ende. Er war betrunken, und doch fühlte er sich in einer alles überschauenden, alles durchschauenden Nüchternheit, er konnte durch die Dinge hindurchsehen, durch die Wände, durch den Kleiderschrank, durch jeden Millimeter des Stuhlbeins. Hinter seinen geschlossenen Augenlidern sah er Nives unter einer herbstlichen Platane, die herzförmigen Blätter leuchteten in durchscheinendem Honiggelb, bis ein Regenwind sie auf den Gehsteig blies; sie liefen das Trottoir hinauf und hinunter, und Nives drehte sich in einem Männermantel, und als es zu schneien anfing, warf sie den Mantel vor die Füße der Leute, die auf den nächsten Bus warteten, und tanzte vor aller Augen im Schnee.
Als er erwachte, griff er in eine Leere. Er tastete bis zur Wand, schlug mit der Faust an die Wand, durch die Bretterritzen vor dem Fenster sickerte weißes Licht, er sprang aus dem Bett, fingerte nach dem Schalter: Nives war fort. Die Ziffern auf seiner Armbanduhr zeigten: acht Uhr. Als er seine Hose suchte, stieß er den Stuhl um. Er hatte eine unerträglich trokkene Zunge, sie füllte seinen Mund aus und drückte gegen seinen Gaumen, er atmete mühsam, der Kopf platzte vor Leere. Seine Koffertasche war im Bus, irgendwo unterwegs oder irgendwo gestrandet – er hatte nichts einzupacken, auch das Bretterfenster ließ sich nicht öffnen, im Aschenbecher lagen sieben oder acht Zigarettenstummel mit Lippenstiftrouge, er steckte einen in die Hintertasche seiner Jeans und trat vor die Tür, das Zimmerlicht schaltete er nicht aus.

Er stieg in einen klapprigen Bus und war nach drei Stunden in Guaymas, er spürte das Meer, aber von der Busstation aus konnte er den Pazifik nicht sehen. Er saß zwischen Hühnergegacker und ledernen Bauerngesichtern, niemand hatte einen Grund, mit ihm zu reden, und er keinen, den Mund zu öffnen. In der Station hockte er nicht lange herum, sondern erkundigte sich nach der nächsten Abfahrtszeit, es gab in jeder Stunde eine Möglichkeit wegzukommen, doch er wollte auf den Fernstreckenbus warten, der in Tepic hielt. So blieben ihm mehr als zwei Stunden, er hätte ein Taxi nehmen und sich ans Meer fahren lassen können, aber dazu hatte er keine Lust, er wanderte statt dessen die kleine Halle der Busstation in alle Richtungen ab, immer den Wänden entlang, es gab ein paar Kioske, die verkauften, was man zum Trinken und Essen brauchte, außerdem Zeitungen, und Souvenirs. Er hätte vielleicht zu Fuß das Meer erreichen können, aber die Wände hier genügten ihm, diese dünnen Betonwände waren für ihn ein ausreichender Horizont.

Der Wirt in Hermosillo hatte ihm mit einem ruhigen, freundlichen Gesicht die Rechnung beziffert, und da er sonst nichts sagte, keine bedeutungsvolle Miene machte, hatte Loris auch nichts gefragt. Wann ist sie weg? Wie? Er hatte nichts gefragt.

Im Fernstreckenbus waren nur wenige Plätze frei, zufällig bekam er einen Sitz auf der linken Seite, aber am Fenster saß ein hagerer älterer Mann, kein Tourist, obwohl er mit seiner gediegenen Kleidung, einem grauen Doppelreiher, und seinem hellen Profil europäisch wirkte. Es konnte nicht der Bus mit seiner Koffertasche sein, auch wenn die Luftkühlung genauso schlecht funktionierte und die Sitze blau bezogen waren. Sie fuhren stundenlang durch die Wüste, nein, keine Sanddünen, statt dessen da und dort Flecken mit dünnem, laublosem Strauchwerk und lehmbraunen Bäumchen ohne Blätter, dann wieder diese kandelaberwuchtigen Kakteen, in die Erde gesteckte Riesenhände mit gespreizten Fingern, bizarre schwarze Stümpfe, und dann plötzlich vier, fünf Lehm-

hütten, und rund um diese erdfarbenen Hütten ein paar rotblühende Bäume, Loris dachte an rosa gefärbte Mimosen. Camichines, sagte unerwartet sein Nachbar, er stellte sich als Grieche vor, der in Mazatlan seit gut zwei Jahrzehnten einen Souvenirladen führte, ja, lachte er: Auch die Akropolis in Gips verkaufe ich und natürlich all den Azteken- und Maya-Gips, und um Loris wissen zu lassen, daß er über dessen Herkunft keine Zweifel hege, meinte er, Goethe sei für ihn zweifellos der größte Deutsche.
Der Grieche war bereit, mit ihm über alles zu reden, angefangen von der Frage, ob Gott tatsächlich aus einem Wort gleich einen Kosmos erschaffen hatte, bis zu den Camichines. Loris war kurz angebunden, wollte aber nicht grob sein, er hörte das kreidige Reden des freundlichen Alten fast wie einen Begleitton zum Motorengeräusch des Busses, während ihm die vorbeifliegenden Kaktusarme die Augen aufrissen. Sein Kopf schmerzte kaum noch, und er wußte nicht, ob er glücklich oder unglücklich war, er spürte nur, daß seine Augen empfindlicher reagierten, hier, in der abgebrannten Strauchwüste, jeder schwarze Kaktusstumpf war ihm ein Freund, ein kosmisches Signal der ausgedehnten, mit freiem Auge nicht erkennbaren Grenzen, Weltgrenzpflöcke, die so dicht standen, daß sie schon wieder wie das Konzentrat der Grenzenlosigkeit wirkten, ich bin noch dumpf, sagte er, von deiner Abwesenheit, Nives. Aber, schrie er sich zu, was fehlt mir denn, gut, daß ich allein bin. Er wollte ihr keine Vorwürfe machen, nur daß er etwas ganz anderes erwartet hatte als ihre plötzliche Abwesenheit.
Loris hatte schon lange die Augen geschlossen, döste vor sich hin, die Luftkühlung hörte er als unregelmäßiges Surren, doch er fühlte sie kaum, er spürte nur den Schweiß, der sein Hemd an die Rückenlehne klebte, und trotzdem war er froh, daß alles so war, er dankte sich selbst, daß es Nives gab.

Jetzt werden Sie bald eine ganz andere Vegetation erleben, hörte er den Griechen sagen, wir nähern uns dem Meer, in einer Stunde sind wir in Mazatlan. Loris sah durch das verdreckte Fensterglas, wie das Strauchwerk fast plötzlich aufhörte, wie die sanderdige Ebene sich zu begrünen begann und bald schon Bäume an ihnen vorbeizogen, Bäume, die Platz hatten für ihre blätterreichen Zweige, Avocados, sagte der Grieche, geschwollene Eier aus Gras. Er lud ihn ein, mit ihm auszusteigen in Mazatlan, Gast zu sein in seinem Haus, direkt an der Straße zum Meer. Nein, o ja, thanks, danke, sagte Loris, aussteigen konnte er jetzt auf keinen Fall, seine Haut war bis zu den Haarwurzeln vollgefüllt mit Schwere, ein Sack voll Sand, er spürte die Sandkörner, wenn er mit den Fingerballen über seinen Kopf tastete, ich bin ein Sandsack. Er hätte gerne den Griechen umarmt oder ihm wenigstens auf die Schulter geklopft, aber er schüttelte nur seine Hand und versprach ihm, vorbeizukommen, wenn es ihn wieder in diese Gegend verschlüge. Er wollte jetzt nichts als nach Tepic und dort seinen Freund treffen, dann erst würde er sich auch andere mexikanische Reiseziele überlegen. Als ob sein Freund Ivo etwas mit diesem Land zu tun gehabt hätte oder gar mit Nives.
Der Grieche stieg aus, Loris sah hinter Palmenreihen das Meer, er lehnte nun mit der Schläfe am Fenster, die Palmen und die Häuser wichen zurück, verschwanden hinter seinem Rücken. Vielleicht war auch Nives hinter diesen Häusern verschwunden, er hatte sie nicht danach ausgehorcht, wohin sie tatsächlich fahren würde. Er war nicht hungrig, ihn quälte Durst, zuletzt hatte er in Culiacan ein großes Glas Mineralwasser getrunken, das war vor fünf oder sechs Stunden gewesen. Und in Mazatlan hatte er den Bus nicht verlassen, obwohl fast eine Viertelstunde Aufenthalt angesagt war, er wollte jetzt nur nach Tepic kommen.
Nach den Avocados und den Kokospalmen wechselte die

Landschaft schnell wieder in Dornbuschdickicht über, später dann, bevor die Sonne wegrutschte, fuhren sie zwischen sanften Hügeln durch Täler, die baumlos und doch grünlich an ihm vorbeischwangen, er dachte an Weinberge im Februar, eine blattlose Ruhe, scheinbar gleitende Erdwellen, dazwischen Lehmhütten mit verwitterten Dächern, erst allmählich merkte er, daß es Kokosblattdächer waren.
Es war gegen Morgen, als der Bus in Tepic ankam, Loris stieg aus; in der Halle des Busbahnhofs schliefen einige Leute zwischen Bündeln an der Wand. Es gab keinen Taxistand, er hatte den Busfahrer gefragt, doch der verstand kaum zwei Worte Englisch und lachte mit hochgehobenen Armen, als er den Hotelnamen »La Tienda Nueva« nannte. Unbeschwert von jeglichem Gepäck, machte ihn die Bewegung nach dem Aussteigen munter. Als er aus der schwülen Luft der Halle hinaustrat auf die Straße, roch er einen warmen Morgen, er steckte die Hände in die Hosentaschen und bog in eine Straße ein, die ins Innere der Stadt zu führen schien. Um vier Uhr früh war die beste Zeit, um anzukommen im Süden. Er konnte atmen, und zum erstenmal seit dem Erwachen in der schmalen Absteige von Hermosillo fühlte er sich wieder lebensneugierig, er atmete gern, und wahrscheinlich war es keine Einbildung, daß die Luft unverbraucht wirkte, eine würzig durchwehte, warme Morgenluft in völlig leeren Straßenfluchten, Autos hätten doppelspurig in beiden Richtungen fahren können, aber wo er dahinschlenderte, sah er keinen Gehsteig; nirgends ein Mensch, weder Polizist noch Passant, es schien ihm, als ob die Stadt eben erst, in dieser Stunde oder in der Stunde zuvor, eingeschlafen wäre. Unverhofft stand er bald am Rande eines weiten Platzes, der von Bäumen mit feingefiedertem Laub eingefaßt war und von den zwei Türmen einer Kirche dominiert wurde. Er sah keinen Menschen. Er hätte gegen eine

Tür schlagen können mit den Fäusten oder laut schreien, irgend jemanden hätte er in dieser Stadt auf sich aufmerksam machen können, doch er hockte sich nach einer Weile des stillen Abwägens auf die Stufen eines Friseurladens, er fühlte sich wie ein Eindringling, als er den Platz mit den Augen abmaß und sich dann langsam streckte und den Rücken gegen den Rolladen preßte, etwas war gleichgültig in ihm geworden, und zugleich jubilierte ein kleiner Nerv in ihm, jedenfalls fühlte er sich so frei wie am Straßenrand außerhalb von Kansas City.

Es war das Licht, das ihn weckte, eine brühwarme Sonne, die sich über sein Gesicht und die Hände auszubreiten begann; zuerst meinte er, in den Rängen einer Stierkampfarena zu sitzen, alles war noch leer, und doch lärmte es gedämpft in seinen Ohren, nein, keine U-Bahn, nicht einmal Straßenbahngeräusche, eher waren es die dumpfen, sich aneinanderreibenden Seufzer und Morgenlaute eines großen Dorfes. Es war tatsächlich ein Zuschauerplatz: ein, zwei Personenautos und bald der eine und andere Dreirad-Lieferwagen zuckelten über den Platz, und wo ein Fahrzeug hielt, rasselten Rolläden hoch. Er überquerte den Platz und fragte einen Lieferanten nach dem Hotel »La Tienda Nueva«. Mit hochgeschwungenem Arm zeigte ihm der Mann, todernst im Augenblick der Frage und dann mit zunehmendem Lächeln, die Richtung an: eine Gasse, die vom anderen Ende des Platzes wegführte. Als er sich mit einem Dankeschön wegdrehte, wollte er zuerst zu den Stufen des Friseurladens zurückkehren, wie wenn er dort sein Gepäck stehen hätte, doch dann vergrub er eine Hand in der Hosentasche und fuhr sich mit der anderen über das Gesicht, zerrieb gleichsam die Morgenluft über Augen und Mund und spazierte vielleicht ein paar hundert Meter weit durch eine kurze gerade Straße, und ein einziges Mal in eine Seitengasse. Das Schild des Hotels hing über die ganze

Breite der Calle und wurde eingerahmt von blau-rot-gelben Birnen, die noch eingeschaltet waren. Durch einen offenen Torbogen trat er in einen gepflasterten Vorhof, und erst da sah er den beleuchteten Klingelknopf an einem steingefaßten Portal. Schon nach wenigen Augenblicken öffnete ihm eine korpulente Frau mit schwarzgraumeliertem Zopf über einem weißen Hemdkleid. Er sagte den Namen seines Freundes so betont, als müßte er ohne Lautsprecher eine berühmte Persönlichkeit ankündigen. Die Frau zog ihn hinter die Tür in einen dämmerigen, weißgekalkten Raum, der ihn mit seinen muffigen hohen Wänden an einen Bahnhofswartesaal dritter Klasse erinnerte. Er erklärte der Frau, daß er hier seinen Freund treffe, aber selbst auch ein Zimmer brauche. Er sagte das in einem Gemisch aus Englisch und Italienisch und ein bißchen Spanisch. Die Frau, vielleicht eine Mestizin, fuhr mit einer Hand in eine Schublade und zog zwei Briefumschläge heraus. Er riß ein Kuvert auf und erkannte die Schrift seines Freundes: »Ich habe auf dich einen Tag und eine Nacht in der ›Tienda‹ gewartet. Ohne Vorwurf. Das Städtchen ist nicht langweilig. Ich wäre auch länger geblieben. Aber nach Santa Cruz fährt nur alle zwei Wochen ein Bus, und so habe ich mir die heutige Abfahrt nicht entgehen lassen wollen. Den Tip für Santa Cruz bekam ich vom Friseur an der Plaza. Leicht zu finden, der einzige dort. Wir haben zusammen in der Taverna ›Los Mosquitos‹ gebechert. Er wird dir Auskunft geben. Also spätestens in zwei Wochen in Santa Cruz am Pazifik! Ivo.« Die Frau war nicht ungeduldig, er hatte kaum eine halbe Minute gebraucht, um das Brieflein zu lesen, doch er sah, daß er sie aus dem Schlaf gerissen haben mußte, und da auch er schlafen gehen wollte, sagte er deshalb entschieden, er wolle den Schlüssel, er brauche ein Zimmer. Sagte es und öffnete den anderen kleinen Briefumschlag, sah ein ihm ungewohntes Schriftbild und wußte wie elektrisiert vor Glücksangst,

daß Nives geschrieben hatte. »Du kannst mich schlagen – aber ich will Dich wiedersehen. Ich melde mich – N.«
Loris folgte der Frau und trat hinter ihr durch die Tür, die auf einen quadratischen Innenhof führte: eine Art Klosterkreuzgang, in der Mitte des Hofes stand ein Brunnen oder eine Agave, er war zu müde und sah nur, daß das Erdgeschoß einen Wandelgang hatte mit schlanken Säulen, vermutlich aus Holz, obwohl ihm alles weißgestrichen in Erinnerung blieb; die Frau führte ihn über eine breite Steintreppe hinauf zu einem Zimmer im ersten Stock.

Er erwachte in vollkommener Finsternis, tastete nach einem Lichtschalter und sah sich gleichzeitig noch in seinem Traum, wie er mühsam zum Meer hin durch den angeschwemmten Schlamm eines Flußdeltas stakte, plötzlich einsank im Schlick, versinkend um sich griff nach einem Halt und auf einmal eine Hundepfote faßte, die hart wie Wurzelholz war, er klammerte sich daran – und tappte endlich auf einen Lichtschalter und fand sich in einem fensterlosen Zimmer, nein, es gab dunkle Holzjalousien, verrammelt, sie ließen kaum Licht durch ihre Ritzen. War Mittag schon vorbei? Hatte er den ganzen Tag bis in die neue Nacht geschlafen? Seine Uhr zeigte nach neun. Er schaltete die Lampe wieder aus, um zu sich zu kommen, um zu Atem zu kommen, er registrierte den fremden Geruch des Zimmers, den Geruch seiner Bettdecke, er hatte nichts im Sinn, was er tun mußte, er fühlte sich frei wie nie zuvor, auch wenn diese Freiheit unzählige Beschränkungen hatte, aber jetzt, in diesem Moment, konnte er wenigstens darüber entscheiden, ob er aufstehen oder liegenbleiben wollte. Mit seinem Geld würde er sich noch ein paar Wochen unbehelligt bewegen können und den oder die Orte aufsuchen, wo er sein wollte. Er müßte niemanden um Arbeit bitten, heute nicht, und auch in den nächsten zwei Monaten nicht. Er

sprang aus dem Bett, warf die dünne Decke auf den Zimmerboden, ich will dich auch wiedersehen, aber was bist du für eine, ach was, er wollte kein Warum und Woher wissen, entweder gab es sie, oder es gab sie nicht. Weiter wollte er nicht denken. Er fuhr sich durch die Haare, rieb sich mit den Handflächen das Gesicht. Du kannst mich schlagen, schreibt sie, und am Morgen ist sie verschwunden.
Als Loris einen Flügel der hohen Zimmertür öffnete, blendete ihn das Tageslicht, die Treppenstufen lagen im Schatten, aber im Innenhof plätscherte ein Brunnen in der prallen Sonne; die Herberge war ein quadratisch angelegter Häusertrakt mit flachen Terrassendächern. In der Eingangshalle, einem düsteren Raum mit zwei Sandsteinsäulen, die aus den Schieferplatten des Bodens herauswuchsen – das bißchen Licht kam von der Neonleuchte in der Portiersloge und zwei Fensterluken –, mußte er der Señora seinen Paß geradezu aufdrängen, er wußte nicht, wann er die Stadt verlassen würde, und wollte sein Zimmer behalten. Doch die Frau verlangte kein Pfand für das Vertrauen, das sie ihm schenkte. Loris war schon an der Ausgangstür – den Paß hatte er einfach liegenlassen –, als die Señora noch etwas sagte, das ihn irritierte, weil er es zu verstehen glaubte: una chica muy hermosa, sagte sie mit einem überaus vertraulichen Lächeln, ein sehr schönes Mädchen, aber das Wort Mädchen klang irgendwie zu leicht. Er blieb stehen, und ohne sich ihr wieder ganz zuzuwenden fragte er: Kennen Sie Nives? Da drehte sie sich zum Schlüsselkasten um, und er hörte sie kichern, ein erbsenhaftes, spitzes Lachen. Er sagte, er werde spätestens um zwei Uhr zurück sein, falls jemand nach ihm fragen sollte.

Obwohl es schon nach zehn Uhr vormittags war, schienen die Gassen noch halb ausgestorben, einige wenige Frauen sah er unterwegs zum Einkaufen, und Händler und Handwerker, die vor ihren Türen standen oder an der Wand lehnten oder auf einer Treppe hockten. Trotz der Vormittagsstunde brannte ihm die Sonne in den Nacken, er haßte Hüte und erst recht Mützen oder Kappen, aber als er eine Ladentür vollgehängt sah mit Sombreros, blieb er stehen und zögerte. Der Mann wollte ihn sofort ins Ladeninnere zerren, no, no, gracias, Loris wehrte ab und zahlte dann doch schnell den Preis für einen breitkrempigen Strohhut, aus Sympathie zu diesem Land, in dem Nives lebte, doch bereits einige hundert Meter weiter warf er den Hut in eine leere Toreinfahrt, er würde es schon noch lernen, den Kopf vor der Sonne zu schützen, und zwar ohne Hut, und also nützte er jeden schmalen Schattenstreifen, und sein Schlenderschritt verlangsamte sich, er lief weder der Zeit noch irgendeinem Ziel hinterher. Einerseits benahm ihm die ungewohnte, schwülfeuchte Hitze ein wenig den Atem, anderseits fühlte er sich entspannt, der Schweiß, der ihm über Gesicht und Brust lief, war ein Ausbrechen, eine Befreiung, die feucht und salzig schmeckte, wenn er seine Fingerspitzen an den Mund drückte. Die Wärme löste seine Verkrampfung. Laß dich von ihr auffressen, sagte er, endlich war er in der Fremde, die er liebte. Die meisten Häuserfassaden waren weiß gekalkt, aber der Kalk bröckelte ab und zeigte die alten Mauern, er roch im Vorbeibummeln den Schlaf, der aus den Türen kroch, die Kleider, die in den Häusern verwahrt wurden, mit Kampfer geschützt gegen Motten, er roch das verrauchte Brutzeln in den Küchen, die Kaffeeschwaden, kaum wahrnehmbar und doch plötzlich da, all die gewaschenen weißen Hosen der Bauern, die ihre Bananen, das Gemüse und die Mangos zu den Händlern geschafft hatten und nun in ihre Dörfer zurückkehrten. Jedes Stück Hausmauer hätte er am liebsten mit Handschlag begrüßt, das ist die schöne Seite der Entfernung, daß man nichts weiß von dem, was an Gift und Blut ist in dem Gemäuer, das man bewundert, oder in der Höflichkeit der Menschen, die dastehen, als hätten sie einen oder uns erwartet, um erlöst zu werden. Ein Schuhputzer folgte ihm, doch davon abgesehen, daß es ihm gleichgültig war, ob seine Schuhe glänzten oder von Dreck starrten: warum sollte er sich mitten in seinem Dahinschlendern die Schuhe putzen lassen, und warum sollte sich deshalb ein Mensch vor ihm hinkauern, hinknien? Plötzlich sah er rechter Hand durch ein Gäßchen, wie durch ein kurzes Fernrohr, den Platz, auf dem er angekommen war im Morgengrauen, es war nun fast schon so etwas wie sein Platz. Erst jetzt, in dem immer greller werdenden Sonnenlicht erinnerte ihn dieser Ort an etwas anderes, an das Hinausfahren des Busses aus der Halle der Grenzstation in die Wüste, aus der künstlichen Kühle der düsteren Halle hinaus in die jähe Weite. Er fand den Friseurladen wieder, gegenüber einer Taverne, gleich neben einem Möbelladen, Bettgestelle lehnten links und rechts der aufgeklappten Flügeltüren. Loris machte die Runde unter den Arkaden, dann überquerte er den Platz zweimal in der Diagonale. Schließlich steuerte er ohne Zögern auf den Friseurladen zu; die Tür stand sperrangelweit offen, und in einem der zwei Drehstühle vor der Spiegelwand saß in weißem Hemd und weißer Hose offensichtlich der Meister selbst, und obwohl er Loris so oder so hören oder im Spiegel beobachten konnte, las er noch ein paar Augenblicke weiter in seiner Zeitung, und erst, als Loris hinter ihm stand, faltete er das Blatt zusammen und räumte den Stuhl; ein Indianergesicht, dachte Loris, vielleicht so um die Dreißig. Der Friseur drehte sich im Aufstehen zu ihm um und streckte dann beide Arme hoch: ein Freund, lachte er und schüttelte sein schwarzes, glattes Haar, das er lang trug wie irgendein Hippie in San Francisco.

Ich bin Ivos Freund, sagte Loris.

Ich weiß, ich weiß alles, ich heiße Pacho, und er lachte noch immer, als hätte er den besten Witz seit langem gehört, faßte Loris an den Schultern und drückte ihn in einen der zwei Drehstühle. Loris irritierte diese kumpelhafte Freundlichkeit, eigentlich wollte er hier nichts anderes hören, als daß sein Freund auf ihn gewartet hatte und auf welchem schnellsten Weg er ihn erreichen könnte. Aber Pacho hatte das Radio eingeschaltet und ihm ein Tuch in den Hemdkragen gestopft, vor sich hinpfeifend seifte er ihm das Gesicht ein, pfiff und bearbeitete gleichzeitig seine Gesichtshaut. Plötzlich hielt er inne, streckte das Rasiermesser in die Höhe, beugte sich in sein Spiegelbild und sagte fast flüsternd: Nives läßt Sie grüßen.

Am liebsten hätte Loris sich das Tuch vom Hals gerissen, aber anderseits war ihm auch zum Lachen zumute, dieser Pacho mit seinem Zirkuszauber, oder kannten diese Nives einfach alle? Er ärgerte sich über Ivo, daß er ihm diesen Typ aufgehalst hatte. Schließlich fragte er den Friseur, warum sein Freund nach Santa Cruz weitergefahren sei, und warum gerade dorthin.

Ein sehr schöner, fast noch unentdeckter Ort, antwortete Pacho und machte sich, ohne daß Loris es verlangt hätte, nun auch über seine Haare her.

Und ein interessanter Ort für Gringos! Loris hörte einen höhnischen Ton heraus, oder jedenfalls eine Zweideutigkeit.

Gibt es dort Hotels?

No, no – kein Hotel, kein Gasthaus – Mestizos, Indios und ein paar andere Leute, aber Kokospalmen und Bananen und viele sehr hübsche Kinder und einige Gringos, sehr schönes Meer und vieles andere –.

Was anderes?

Anderes, jede Menge. Pacho neigte sich mit einem ärgerlich feixenden Lächeln seinem Spiegelgesicht zu. Jede Menge, wiederholte er und zog mit der schnell freigemachten rechten Hand eine Schublade auf, in der ein paar Geldscheine und Münzen lagen, er wischte mit den Banknoten vor dem Spiegelglas hin und her, warf sie wieder in die Schublade zurück, faßte nach der Schere und schnippelte erneut an Loris' Haaren.

Loris wollte so schnell wie möglich aus diesem Laden entkommen und fragte, als der Friseur fertig war: Wann geht der nächste Bus nach Santa Cruz?

Ein Lastwagen, ein offener Lastwagen, in zehn, nein, elf Tagen.

Und sonst gibt es nichts?

Doch. Taxi oder Helikopter.

Loris schien es, als wäre Pacho zum erstenmal in einen ernsthaften Sprechton verfallen.

Und komm vorbei, wann immer du willst, vielleicht heute abend, mit Nives in ›Los Mosquitos‹.

Loris wandte sich in der offenen Tür noch einmal um.

Weißt du, wo sie zu finden ist?

Pacho hielt das Tuch, das er vom Hals gelöst hatte, noch zusammengerafft in den Händen und schüttelte ihm seine Haare lächelnd und langsam vor die Füße.

Du wirst sie finden.

Loris stieg über Treppenstufen in eine Kellerkneipe hinunter, aß einen Maisfladen, gefüllt mit Bohnen und Zwiebeln, und bestellte dazu eine Flasche Bier, er schluckte die Bissen irgendwie unrhythmisch, bemerkte er selbst, jedenfalls zu hastig, er fühlte eine Unruhe in sich, als könnte er irgendein letztes Flugzeug versäumen. Er trank das Bier in zwei, drei Zügen aus, warf das Geld fast unhöflich dem Wirt oder Kellner auf den Tresen und lief hinaus auf die Straße. Hätte er den kürzesten Weg zu seiner Herberge gekannt, wäre er trotz der nun sengenden Mittagshitze gerannt, aber im Augenblick fiel ihm die Orientierung nicht leicht, er zwang sich zu einem gemessenen Gehen, um Ruhe und Zeit zu gewinnen und vor allem Überblick, er setzte seine Füße beinahe betont langsam auf das Pflaster, senkte nie den Blick, wenn ihn Augen suchten von einer Türschwelle aus, oder ihn im Vorbeigehen einer der wenigen Fußgänger fixierte, die jetzt in der anbrechenden Siestazeit noch unterwegs waren. Nach ein, zwei verfehlten Wegen fand er endlich die Straße, die zur ›Tienda Nueva‹ führte. Die düstere Halle war leer, im Schlüsselkasten hinter dem Empfangspult suchte er vergeblich nach seinem Zimmerschlüssel, er fand unter seiner Nummer nichts als ein leeres Fach, also wird noch aufgeräumt, sagte er sich und stieg die Treppe hinauf.

Er fand sein Zimmer, blieb davor kurz stehen, hörte kein Geräusch und drückte die Klinke herunter, er tauchte in ein Halbdunkel hinein und schloß die Tür. Auf dem Strohsessel am Ende des Bettes saß Nives. Sie stand erst auf, als er sich zu ihr hinunterbeugte, er spürte ihre Haare und ihre Wange an seinem Gesicht, dann ihre Lippen, die seine Wange streiften und immer wiederkehrten, bis sie seine Augen und seinen Mund trafen und dort schließlich zur Ruhe kamen, in einer beinahe bewegungslosen Stille, er strich mit einer Hand über ihr Haar, sie schmeckte nach nasser Kohle, durchsetzt mit einem bitteren Parfüm, Myrrhe oder verbranntes, in Honig getauchtes Holz, Wacholderholz, und keiner sagte ein Wort. Sie ließ sich von ihm die Hemdbluse über den Kopf ziehen, er sah auch im Halbdunkel ihren Mund, ich werde mit dir zugrunde gehen, sagte sie lächelnd mitten in dieses Schweigen hinein.

Draußen glühte die Sonne, weichte den Teerbelag der Straße auf.

Er betrachtete ihr bleiches Gesicht, als hätte er es noch nie gesehen, nicht auf der Straße, nicht im Bus und nicht in der Bar von Hermosillo, und er fragte sich, warum es ihn überhaupt interessierte. Und gleichzeitig wußte er, auch wenn dieses Hotel hier ein Bordell wäre – nichts konnte ihm Antwort darauf geben, daß er sich nie zuvor selbst so erlebt hatte, er war mit sich einig, er hätte am liebsten vor Freude in sich hineingepfiffen, weil er dieses Gesicht so völlig anders als alle anderen Gesichter empfand: Dieses hier möchte ich immer sehen, und wenn sie die Königin der Huren wäre.

Er fragte Nives nicht, warum sie in Hermosillo plötzlich verschwunden war, er wußte, was wichtig war, und alles andere wollte er nicht bereden, ausgerechnet bei ihr fühlte er sich aufgehoben, alles war anders, alles, was lächerlich sein konnte, war es nicht, war ein großes Ausruhen, war aber auch ein Herumtanzen auf einem Bein. Sie küßten einander die Mundlinien in kurzen, kürzesten Hautberührungen, ihre Erschütterung bestand in hauchdünnen Berührungen. Sie redeten völlig wirr vor sich hin, du bist hier, sagte sie, und warum bist du, fragte er, weißt du, daß ich, und in diesem gegenseitigen Nichtbefragen und doch Befragen spürte er, daß sie sich nah waren in einer merkwürdigen Nachdenklichkeit, die ihnen das Lachen erlaubte. Er war über sie gebeugt, zeitweilig halb aufgerichtet, so ruhte er in ihr. Vuoi distruggermi, willst du mich vernichten, zerstören, verbrennen? Sie lächelte unter ihren schweißnassen Haaren. Wie konnte er ihr glauben, aber er glaubte ihr von Anfang an ohne Einschränkung ganz und gar. Er blieb lange fast unbeweglich in ihr und verfolgte die Rede ihrer Augen. Wenn er die Augen schloß, brachen die Platanenblätter eins nach dem anderen zitronengelb vom Baum, ist es das? fragte er sich. Er fiel neben sie und atmete ihren Atem, hörte ihn, versuchte ihn einzusaugen in seine Nase, ihre Brüste waren größer als Pampelmusen, sie sträubte sich zunächst, ihren Büstenhalter auszuziehen, doch er durfte ihn hinaufstreifen, vergiß alles andere, sagte sie, ich bin eine Frau, und du mußt vorsichtig sein, du bist wie ich, du mußt dich schützen.

Kannst du, magst du, fragte er, mit mir an die Küste mitkommen? Und als sie nickte, sagte er noch leiser, bleib gleich bei mir, und wir fahren bei der nächsten Gelegenheit.

Ich habe einen Freund, sagte sie, es ist nicht so, wie du vielleicht glaubst, nein, mit dir ist es etwas ganz anderes, trotzdem kann ich jetzt nicht weg, es ist etwas ganz anderes, un tutt' altro rapporto, aber ich bitte dich, mir zu glauben, ich möchte mit dir –.

Durch die Ritzen und Fugen der Fensterläden sickerten dünne Sonnenstrahlen ins Zimmer, genug, um im Halbdunkel jede Regung in Nives' Gesicht zu sehen.

Ich versuche, so schnell wie möglich von hier wegzukommen, sagte er, und war selbst davon überrascht.

Ihr Kopf lag über seiner rechten Achselhöhle, sie küßte ihn nicht, sie schwiegen beide sehr lange.

Von der Straße und auch aus dem Inneren des Hauses drang kaum ein unerwartetes Geräusch zu ihnen, obwohl sie vielleicht beide lauschten, er spürte, wie er sich nach draußen kehrte, um sich abzulenken, um jetzt nicht zu sprechen, obwohl er wußte: es ist, wie es ist. Er hatte die Augen geschlossen und fragte sie nichts mehr, etwas später bemerkte er, daß seine Hand sie wieder zu streicheln begonnen hatte. Es gilt immer die Minute jetzt, du mußt deine Vergangenheit und deine Zukunft in dieser Minute der Ewigkeit leben, heute und morgen und womöglich so lange, bis –. Sie hatte sich von ihm gelöst und lag auf dem Rücken neben ihm.

Fahr nicht nach Santa Cruz, sagte sie plötzlich, ohne ihre Stimme zu dämpfen, du läufst in viele Messer hinein.

Kennst du Pacho? fragte er.

Ein lustiger armer Hund, sie lachte fast höhnisch. Und du

kennst deinen Freund Ivo, den du in Santa Cruz treffen willst, schon lange?
Ich kenne ihn von der Universität, er war ein Opernnarr, ich nicht. Später, während der Studentenrevolte, kamen wir uns bei der Besetzung der Universität in Wien auch politisch näher, er stammt aus einer Familie mit brauner Vergangenheit, und hat mich aber bei der Auswahl meiner linken Lektüre beraten. Er war ein Jahr früher als ich mit dem Studium fertig und ging sofort nach Kanada, um als Deutschlehrer an einem Institut zu arbeiten, er wollte sich sozusagen mal umsehen in der Welt. Ich traf ihn letzten Monat in Ontario, ich habe mir sozusagen freigenommen bis zum Winter, bis ich anfange zu arbeiten. Wir haben vereinbart, ein paar Wochen gemeinsam am Pazifik in Mexiko zu verbringen; Treffpunkt war Nogales, und als Ausweichort vereinbarten wir eben Tepic. Er hatte noch ein paar Wochen Unterricht vor sich, und ich wollte inzwischen den Kontinent von Norden nach Südwesten durchqueren.
Warum ausgerechnet Tepic? fragte sie.
Und du lebst mit deinem Freund schon lange hier?
Während er fragte, wußte er bereits, daß er sie mit der Frage verletzen würde.
Seit ein paar Jahren.
Sie sagte es unbeschwert und fügte gleich hinzu, ich will mit dir Spaß haben, ich will keine Tragödie, und ich höre dir gerne zu.
Sie faßte sein Gesicht, fuhr wie ein Windfächer über seine Augen, hielt es mit beiden Händen und lachte ihn an, als wäre er ein Schuljunge, dann leckte ihre Zunge über seine Wangen, seine Nase, bohrte sich naß in seine Augenwinkel, er kostete ihre Wärme, die Wärme ihrer Zunge.
Sie ändert sich so jäh. Ich schließe die Augen, ihre Stimme ändert den Ton, ich höre ihr Traurigsein, ich höre, wie sie

sich zuruft, wie sie ihre Traurigkeit wegruft. Wenn ich jetzt die Augen öffne, ist sie gleich wieder anders, in der stickigen Zimmerluft.

Bleib hier, sagte sie, mein Freund hat nichts dagegen, außerdem ist er jetzt nicht in der Stadt. Sie schob sich über ihn, er spürte die Hitze ihres Bauches auf seiner Haut. Später, während sie halb abgestützt neben ihm lag und sich eine Zigarette anzündete, sagte sie: Rey ist unterwegs, es kann sein, daß er sogar früher als du deinen Freund triffst.

Er wußte, daß er vieles verderben würde, wenn er zu fragen begänne, tatsächlich war es so, daß er im Augenblick nichts von dem anderen wissen wollte, seltsamerweise hatte er eine Art selbstmörderisches Vertrauen gefaßt zu dieser Frau, die er nicht oder fast nicht kannte, obwohl er sich gleichzeitig alles vorstellen, ihr fast alles zutrauen wollte, auch Verbrechen, jede Art von Infamie, aber es existierte nicht zwischen ihnen, zwischen ihnen war das, was er immer heftiger zu glauben begann: Sie beide waren aufeinandergestoßen wie zwei Steine, die plötzlich zusammenwuchsen, als waren sie Gras, irgend etwas Pflanzliches, jedenfalls keine Steine. Ihre Pflanzenaugen lachten, und er dachte wieder: Auch wenn du die Königin der Huren wärest, egal. Vielleicht hatte er es laut gedacht, denn sie sagte: Die traurigsten Frauen sind die Huren, so trist wie die kannst du dich nie fühlen – vielleicht mag ich sie deshalb, auf jeden Fall sind sie mir lieber als der gottgefällige Rest der anderen.

Sie sprach schnell und klar, als wäre an dem, was sie sagte, nicht zu zweifeln, und wenn sie einen Satz beendet hatte, lachte sie oft auf und hob damit das Schwere wieder ins Relative, sie lachte tatsächlich viel über sich, über das, was sie sagte, ihre Augen blitzten schelmisch, sie wußte viel und benahm sich dennoch, als wäre sie von allem unabhängig und frei. Ohne daß Loris sie danach gefragt hätte, erzählte Nives von ihrem Vater mit spottender Liebe: Weißt du, er ist viel älter als meine Mutter, er war sogar einmal so etwas wie ein Gouverneur, verstehst du, einer, der eine ganze Provinz kommandierte und doch jederzeit da war für seine Familie, auch wenn er immer ein Kasernenkopf geblieben ist, ich sehe ihn vor mir, wie er vom Mittagstisch weg, von den Mittagsnachrichten weg plötzlich aufspringt und mit seinem Ordonnanzrevolver in der Hand auf die Straße rennt: Irgendein Regierungswechsel in der Hauptstadt, der ihm nicht paßte, aber vielleicht hatte auch bloß ein Regimentskommandeur rebelliert, ich weiß es nicht, ich war etwa fünf oder sechs Jahre alt, was ich vor mir überscharf sehe, ist nur, daß Papa aufspringt und mit dem Revolver in der Hand auf die Straße hinausstürmt.

Meine Mutter hat ihn geheiratet, weil er angeblich der schönste Mann weit und breit war, denke ich mir, oder vielleicht irre ich mich, und dann hat sie uns, fünf Kinder, geboren; hätte sie nicht geheiratet, sie wäre wie ich, das heißt, ich bin wie sie, nur daß ich frei bin. Sie suchte ihre Zigarettenschachtel, beugte sich halb über ihn, er reichte ihr das Päckchen, streifte ihre Haut. Ich bin als drittes Kind geboren, sagte sie und lachte wieder, mich haben sie einfach zwischen den anderen übersehen, vergessen. Ich habe Bücher gelesen, und dabei haben sie mich vergessen, am Rande der Stadt, schon halb in der Wüste. Mein Vater führte sich wie ein Farmer auf, es gab Ziegen und Schafe, eine Menge magerer Kühe und vor allem mehrere Kamele, er hielt sich die Farm, ohne sich wirklich darum zu kümmern. Wir Kinder verbrachten dort immer einige Monate in den Ferien, und irgendwie wurde diese Grenze zwischen Stadt und Land, eigentlich zwischen Erde und Wüste, unsere Heimat, ich habe dort fast alles gelesen, was an Büchern erreichbar war, tatsächlich habe ich die längste Zeit meiner Kindheit trotz Sand und Schirokko außerhalb der Natur in Büchern gelebt; was ich las, war wirklicher als ein Skorpion oder ein Chamäleon, auf die ich hinsah wie auf Sand.

Loris hörte ihr zu, alle Zeit dieser Erde war in diesem dämmerig heißen Zimmer, er lag auf dem Rücken und hörte sie reden, manchmal machte sie eine Pause, die er mit keinem Wort, mit keiner Frage störte. Ein Mädchen gehört immer der Mutter, nie dem Vater, sagte sie, ich habe meinen Vater sozusagen immer durch ein Fernrohr gesehen, und nur ein einziges Mal war er plötzlich wirklich vorhanden in einer schrecklichen Nähe: als er mich geschlagen hat, er hat mich windelweich geschlagen, als ich eines Morgens betrunken und splitternackt im Hausflur schlief.

Sie zog sich das Leintuch über die Brust und blies in den Rauch ihrer Zigarette; was sie erzählte, war eine liebevolle Mitleidsballade auf ihren Vater: sie hatte ihn als Vater geliebt, weil er sich über ihre Verlorenheit empörte, er hatte sie nackt auf dem Boden schlafend vorgefunden und sie verdroschen, das mußte er wohl tun, sagte sie, er war ratlos und mußte sie versohlen und ins Bett jagen, zum Ausschlafen am hellichten Tage. Sie lachte, das war die ihm zukommende Aufgabe, er mußte die Grenzen sichtbar machen, um die meine Mutter sich nicht kümmern wollte. Aber du hast mir noch keine Antwort gegeben. Bleibst du in der Stadt?

Ich weiß nicht, auf keinen Fall für längere Zeit, vielleicht wäre es sogar besser, wenn ich sofort –, Loris brach mitten im Satz ab.

Nives richtete sich jäh auf, saß mit verschränkten Armen und plötzlich verfinstertem Gesicht einige Augenblicke neben ihm, ohne ihn anzusehen, erhob sich dann und verschwand mit bloßen Füßen hinter dem Plastikvorhang der Duschnische. Irgend etwas lähmte ihn, er wollte ihr nachgehen, zu sprechen beginnen, und blieb trotzdem unbeweglich im Bett,

hörte das Wasser der Dusche plätschern. Als Nives den Vorhang beiseite schob, tropften ihre Haare vor Nässe; mit schnellen Griffen kleidete sie sich an, Minirock, geblümte Seidenbluse, von der Tür her zwinkerte sie ihm zu, glänzend naßschwarzes Haar, die Lippen zyklamrot geschminkt.
Wenn du magst, kannst du mich heute abend in der Taverne ›Los Mosquitos‹ finden, sie lächelte über das ganze Gesicht und schloß die Tür. Er hörte das Klappern ihrer Stöckel auf der Treppe, ein schnell entschwindendes Geräusch. Mit den Fingerkuppen verrieb er den Schweiß auf der Brust, plötzlich glaubte er an seinem eigenen Atem zu ersticken, der Atem staute sich in der Kehle, das Herz pumpte viel zu rasch das Blut durch die Lunge, er fühlte sich halb betäubt, würgte an etwas Rasendem, an einer beklemmenden Mischung aus Verwirrung und Triumph. Paß auf, warnte er sich, und dann: Ach was! Warum sollte er jetzt davonlaufen, und wovor? An den Pazifik würde er noch früh genug kommen, sein Freund erwartete ihn erst in zehn Tagen. Er war unvorsichtig geworden, ja, und er war neugierig, aber warum sollte er vorsichtig sein? Hatte er überhaupt ein Ziel und also eine Richtung, die er einzuhalten sich befleißigen, anstrengen mußte? Er drehte sich auf den Bauch, ich will schlafen, ich will jetzt nicht denken, ich habe zwei Nächte nachzuholen, doch er blieb hellwach, von der Straße herauf hörte er Geräusche, Schritte und Stimmen, Wortfetzen, es mußte schon früher Abend sein.
Von Zeit zu Zeit scharrten schwere Schuhe über die Hoteltreppe, manchmal drang auch ein Kichern durch die Zimmerwand, es kümmerte ihn nicht, erstaunlicherweise verschwamm das Gesicht von Nives hinter seinen geschlossenen Augen, übrig blieben lediglich das Lächeln und die spöttischen Augen, die vielleicht gar nicht gespottet, sondern nur übermütig geglitzert hatten. Ich bin keine Frau, wie du sie kennst. Wollte sie ihn erschrecken, oder wollte sie ihn aufgei-

len? Sie hatte den Satz geflüstert, in größter Erregung vielleicht, aber er konnte sich irren, und er war spielerisch darauf eingegangen, er war in dieses Spiel hineingetaucht, sie waren zwei Verschworene gewesen, zwei Komplizen, dieses Gefühl war ihm geblieben: daß sie in eine seltsame jähe Vertrautheit gestürzt waren, als wüßten sie von einem Geheimnis.
Er sprang aus dem Bett, wollte sich eiskalt duschen, doch das Wasser rann lauwarm und ohne Druck über seine Haut. Als er in die Hose schlüpfte, fühlte er Dankbarkeit für die Kühle der Steinfliesen, aber zugleich war diese Kühle auch Teil einer moderigen Fremdheit, die dieses Zimmer ausströmte. Bei ausgeschaltetem Lampenlicht boten die kahlen, fleckigen Tapetenwände keinen Schutz: Hau ab, gab das ganze Zimmer zu verstehen, das ist keine Bleibe, kein Heimatersatz, hier dienen die Wände nur als Blickschutz. Er versuchte die Verriegelung der Holzläden zu lösen, und mit einiger Anstrengung gelang es ihm schließlich, die Jalousienflügel aufzuklappen. Ein Schwall von heißer Luft und Tageslicht stürzte ins Zimmer, und jetzt sah er, daß die Wände gekalkt waren und nicht mit Tapeten überzogen. Als er den Kopf aus dem Fenster beugte, sah er schräg gegenüber im Schatten eines Hauseinganges ein Mädchen stehen, eine junge Frau, die ihm sofort zuwinkte, kaum daß sie seiner gewahr wurde. Überrascht winkte er zurück, schloß jedoch wieder die Fensterläden, knöpfte sein Hemd zu und verließ das Zimmer.
Die Eingangshalle war leer, die Portiersloge unbesetzt. Doch er hörte die Stimme der Señora und gedämpfte Radiomusik aus einem Nebenraum, den er vorher nicht bemerkt hatte. Er machte ein paar Schritte in Richtung der Musik und schaute in eine schummrig beleuchtete Bar, hinter der Theke stand die Señora und trocknete Gläser ab. Loris schwenkte nur grüßend seinen Zimmerschlüssel und legte ihn auf das Rezeptionspult.

Als er vor die Hoteltür trat, sprang ihn der Abend mit grellen Geräuschen an, zu beiden Seiten der Häuserfront hatten Bauern oder kleine Händler ihre Waren ausgebreitet: Gemüse und Früchte, Avocados, Papayas, Bananen, Mangos und Zuckerrohrstücke, Pyramiden von geflochtenen Körben in verschiedenen Größen, Sandalen, Gürtel und jede Menge Hüte, Sombreros. Die Verkäufer hockten auf dem Gehsteig oder lümmelten an der Hausmauer mit einer Gleichgültigkeit im Gesicht, als wären sie an nichts und auch an keinem Handel interessiert. Die Sonne ging unter, und die Leute begannen ihre Häuser zu verlassen.

Aus der kurzen Gasse seiner Herberge gelangte Loris in eine baumlose Avenida, die wie die meisten Straßen hier viel zu breit wirkte im Vergleich zu den niedrigen Häusern, langsam schlenderte er an Haustoren und Läden vorbei, bog an einer Kreuzung einmal links und an der nächsten rechts ab und stand schließlich vor der Busstation, ohne sie gesucht zu haben. Erst jetzt fiel ihm ein, sich nach seiner Koffertasche zu erkundigen. Zu seiner Verblüffung wurde sie ihm tatsächlich ausgehändigt. Mit dem Gepäckstück in der Hand sah er sich plötzlich reisebereit, er mußte lediglich noch sein Zimmer bezahlen. Doch am Fahrkartenschalter wurde ihm bestätigt, daß es nach Santa Cruz nur alle zwei Wochen eine Verbindung gebe, die nächste in zehn Tagen.

Die Schalterhalle öffnete sich türenlos zum Fuhrpark, wo zwischen den Fernstreckenbussen Lastautos standen, auf deren Ladefläche Bänke montiert waren. Auf dem einen und anderen hatten sich schon Fahrgäste eingerichtet, ein Jahrmarktgezwitscher von Stimmen schwirrte über den Platz, zwischen hölzernen Hühnersteigen, zu Haufen gebundenen Körben und Maissäcken drängten sich Männer mit Sombreros auf die Ladefläche, da und dort kletterte jemand über eine kurze Eisenleiter hinauf, andere standen auf der Einsteigeplattform, um sich von ihren Leuten zu verabschieden, hasta luego! murmelte Loris in sich hinein: bis zum nächstenmal! Als er mit dem Gepäck wieder auf der Avenida stand, fühlte er sich gefoppt, genarrt um einen nicht stattgefundenen Abschied. Es wäre eine schnelle Entscheidung gewesen, ein kurzer Schritt; hierzubleiben war etwas Halbes, er fühlte sich frei und doch gefangen von Bedingungen, die er nicht gewaltsam zu verändern bereit war. Er wechselte schnell die Straßenseite und lief mit der Koffertasche in der Hand zurück zum Hotel. Kaum daß er bemerkte, wie die Dämmerung die letzten Schattenspuren des Tages auslöschte und die jähe Dunkelheit aufgesogen wurde von der Straßenbeleuchtung; aber als er in die Calle einbog, nahm er den farbigen Lichterkranz wahr, der ihm das Anzeigeschild der ›Tienda Nueva‹ signalisierte. Es waren noch nicht alle Waren weggeräumt, und doch sah er die Gasse nun ganz anders: Er mußte sich seinen Weg durch eine Menge flanierender Leute suchen, die sich um die Händler nicht kümmerten, und erst jetzt fielen ihm mehrere Hauseingänge auf, die nicht zu gewöhnlichen Wohnungen führen konnten, denn sie waren bunt beleuchtet, und da und dort standen die Mädchen herum und winkten und riefen den Männern nach. Loris war froh, als er endlich mit seiner Koffertasche im Zimmer war; den Schlüssel hatte ihm ein schlaksiger, junger Mann ausgehändigt, mit einem Grinsen, das ihn ärgerte. Ihn nach der Taverne ›Los Mosquitos‹ zu fragen, hatte er keine Lust. Die Dunkelheit des Zimmers – die Lampe hatte er an- und sofort wieder ausgeschaltet – machte alles noch düsterer und ließ ihn jäh seine Müdigkeit spüren; er war hungrig, doch es widerstrebte ihm, gleich wieder auszugehen, er warf sich angekleidet auf das Bett, zog das zweite Kissen halb über das Gesicht, er wußte nicht mehr, warum er Nives suchen sollte, eine bleierne Ferne trennte ihn von ihr, sie war ihm plötzlich so fremd wie die ganze Stadt, so fremd wie

sein Leben hier, er wollte sich schützen, sich abschirmen gegen alles und alle, vor allem aber war er unglücklich über dieses Gefühl der Leere: daß er Nives verloren hatte, daß ihm sein Gefühl abhanden gekommen war, daß ihn die Leere zu ersticken drohte. In dieser Leere muß er eingeschlafen sein, erschöpft von der Enttäuschung über sich selbst.
Als er nach Stunden erwachte, wußte er im ersten Augenblick nicht, wo er war, aber er dachte: ›Los Mosquitos‹. Er schaltete die Nachttischlampe an und hätte am liebsten zehnmal so viele Lampen zum Leuchten gebracht, ein Wolfshunger zerfraß ihn, und er schrie stumm oder nicht stumm: Ich lebe! Er stellte sich unter die Dusche, das Wasser lief ihm übers Gesicht, rinn, jubelte er, rinn, plötzlich wollte er Nives um jeden Preis finden. Trotzdem stieg er gemächlich die Treppen hinunter ins Parterre und nahm sich alle Zeit, den Innenhof zu überqueren und an den matt plätschernden Brunnen zu treten, unbehelligt stand er am weißgekalkten Brunnenrand, eine große Selbstverständlichkeit durchströmte ihn, er hätte jedes Mauerstück anlachen mögen, ohne deswegen das Gesicht zu verziehen, er war neugierig auf alles.
Ein paar Minuten von der Gasse entfernt, betrat er ein Lokal, das ihm ebenso unauffällig wie echt erschien, es war mäßig beleuchtet, und an den Tischen saßen Leute, wie er sie hinter den Gemüsekörben gesehen hatte, fast ausschließlich Männer, die meisten löffelten aus dickrandigen Terrakottaschüsseln eine breiige Suppe, er bestellte dasselbe, und er bekam genau das, wonach sein Magen verlangte: Gehacktes und Paprikawurststücke, gekocht mit Gelbrüben und Zwiebeln, Lauch und Sellerie und Erbsen. Dazu trank er in kleinen Schlucken einen dunklen Rotwein; er hatte sich an den einzig freien Tisch gesetzt, aber kaum hatte er mit dem Essen begonnen, war er nicht mehr allein am Tisch, ein junger Mann in verwaschenen Jeans und einem sauberen weißen Hemd fragte,

ob er Platz nehmen könne, und setzte sich sofort auf einen der drei noch freien Stühle an den Tisch. Sie nickten einander zu, und Loris aß seine Suppe. Plötzlich klirrendes Glas, wildes Schreien und aufspringende Menschenkörper. An einem der Nachbartische schlugen mehrere Männer wütend mit Flaschen und Gläsern aufeinander ein, der Tisch wurde umgeworfen, aufgehoben und wieder auf die Seite geschleudert, und gleichzeitig sah er das Übereinanderfallen der Körper, das Glassplittern, einen abgebrochenen Flaschenhals, drohend hochgereckte Fäuste. Mehr bekam er nicht mit, denn sofort umstanden die Kneipengäste die Schläger und bildeten eine Wand, über die er nicht hinwegblicken wollte.
Als Loris später zahlte, war der Tisch der Streiter schon wieder von anderen Leuten besetzt, die Glassplitter hatte ein Junge mit schnellem Besen und einer Kehrschaufel weggeschafft. Sein Tischnachbar im weißen Hemd hatte nur kurz bemerkt, daß sich da ein paar Händler gezankt hätten, einer Kleinigkeit wegen, um dann um so ausführlicher zu erzählen, daß er vor kurzem eine ganze Panzerbatterie auf sich habe zurollen sehen, dann das Feuer und das Zerreißen der Luft durch die Explosionen der abgefeuerten Geschosse auf dem Gelände der Universität in Mexico City – achthundert, vielleicht auch tausend Studenten seien getötet, zerschossen, zermalmt, verbrannt worden. Aber sie alle, wir alle, sagte der junge Mann mit den ausgebleichten Jeans, wir alle sind ersetzbar, die Zeitungen sagen nichts, verschweigen oder lügen, sagte er und streckte Loris die Hand hin: Renè Ramos Rodriguez. Auch Loris nannte seinen Namen.
Mich haben sie wieder laufenlassen, erzählte der Student erstaunlich unbekümmert, aber ich sitze jetzt hier, in meiner Heimatstadt, mehr als tausend Kilometer von der Universität weg, und helfe meinem Vater bei der Landvermessung.
Und worauf wartest du hier?

Daß etwas geschieht. Die Professoren sind auf unserer Seite – viele sind allerdings im Gefängnis.
Und die anderen?
Wer redet, kommt hinter Gitter.
Wenn du magst, hatte sie gesagt –, abrupt fragte er Ramos, ob er ›Los Mosquitos‹ kenne.
Der junge Mann verzog das Gesicht zu einem Grinsen, ja, meinte er, eine Art Bahnhof ist das.
So etwas wie ein Varieté? fragte Loris.
Auch, vor allem jedoch ein Treffpunkt.
Um Mädchen kennenzulernen?
Oh, Mädchen gibt es da von jeder Sorte –, Ramos schluckte. Aber wichtiger sei, daß man sich wie auf einem öffentlichen Platz bewegen könne, ohne aufzufallen. Weil alle dorthin kämen, sei man da relativ sicher. Doch aufpassen müsse man auch dort, vor allem auf Polizeispitzel.
Als sie durch die unauffällige Tür der Taverne ›Los Mosquitos‹ traten, war alles anders, als Loris es sich vorgestellt hatte. Schon daß sie von der Straße aus nicht Treppen hinuntersteigen, sondern auf gleicher Höhe zuerst einen langen Flur durchwandern mußten, in dem ihre Schuhe knarrende Geräusche erzeugten, überraschte ihn. Die Wände waren aus Preßholzplatten und schwarz gestrichen, aber kaum hatte man den Flur und eine fensterlose Schwenktür hinter sich, öffnete sich ein glitzernd halbdunkler großer Raum mit niederer, indirekt beleuchteter Decke, gleich links eine goldsilbern strahlende Bar mit einem Mestizen in blendendweißem Smoking mit Goldknöpfen und steifem Hemdkragen hinter der Theke. Nach zehn oder zwanzig Schritten weitete sich der Raum zu einem riesigen Saal in goldgedämpftem Dämmerlicht, in dem ein platinweißer Tresen den Blick auf sich zog. Was Loris enttäuschte, war die unerwartet große Weitläufigkeit des Saales, der auszuufern versprach in Nischen und

immer neuen Räumen, ohne dieser Erwartung nur im geringsten zu entsprechen: Es gab nicht eine einzige Treppe, weder in die Tiefe noch in die Höhe, und an der Bar befahl die Neonhelle: Bestell und trink.

Neben sich hörte er Ramos flüstern: Von unserer Sorte gibt es noch viele, die frei sind, doch Loris ging nicht darauf ein und hörte und suchte alle Tische in den Ecken und an den Wänden ab. Der Saal wirkte wie ein halbverdunkelter Speisesaal, die Tische waren kaum besetzt, vielleicht war es zu früh am Abend.

Nicht weit von der großen Neonbar gab es noch eine kleine Winkeltheke, und kaum hatte er sich auf einen der wenigen Barhocker gesetzt, stand plötzlich Nives hinter ihm und legte ihre Hand an seine Wange. Gringo, sagte sie mit französischem Akzent, es klang in seinen Ohren seltsam und doch anziehend. Sie trug eine ärmellose, schwarze Seidenbluse und schwarze Flatterhosen; er zog sie auf den Hocker neben sich, was sie beide zum Lachen brachte, weil Nives zweimal unter seinem Arm durchrutschte; in diesem Moment hätte er es auch hingenommen, sich in ihr geirrt zu haben. Er küßte sie nicht, aber sie lachten sich so direkt ins Gesicht, daß sie sich auch hätten weh tun können. Warum, wußte er nicht, doch er dachte: Lieber als auf diesen Hockern wäre ich mit ihr in der Kakteenwüste. Sie beide hätten durch die nachtfeuchte, von Kakteen bestandene Sandebene waten können, vielleicht hätte sie dies stiller gemacht, und zugleich dachte er: sie und er waren so, daß sie sich überall hätten treffen können. Er bestellte Tequila mit Zitrone und bemerkte das befremdete Gesicht des Barkeepers, weil er mehr Limonade als Tequila wünschte. Neben sich hörte er Ramos' Litaneistimme: Sie sind alle hier jung, aber sie schauen alt aus.

Mußt du da herumsitzen? fragte Loris sie, und Nives legte eine Schläfe an sein Gesicht.

Ich muß überhaupt nichts.
Er spürte, daß sie beide diesen Ort wie einen gepolsterten Warteraum benützten, und zum erstenmal kamen ihm Zweifel, ob Nives tatsächlich fünfundzwanzig wäre. Sie redete, sprudelte, schwatzte bald mit diesem, bald mit jenem und lächelte dazwischen mit zusammengepreßten Lippen. Sie ist hier zu Hause, sagte sich Loris und rechnete die Entfernung zu ihrem Zuhause aus, er kam sich plötzlich neben ihr sehr bieder vor. Aus wachsender Ferne hörte er unzusammenhängende Wort- und Satzfetzen, auf einmal sah er das Gesicht des Friseurs im Saal zwischen den Köpfen an den Tischen auftauchen und wieder verschwinden, es kümmerte ihn wenig, er trank Tequila und ließ sich jedes leere Glas wieder füllen, und je mehr er trank, desto besser glaubte er Nives zu verstehen, ihre Art, ihn zu ignorieren, wenn sie gemeinsam unter Leuten waren. Sie lachte mit Ramos, warf manchmal sogar den Kopf zurück, so daß die Haare über der schwarzen Bluse fast unsichtbar wurden, und im nächsten Moment konnte sich ihr Gesicht schon wieder in konzentriertem Ernst zusammenziehen. Und nun hockte auch noch der Friseur an der Theke, hatte Ramos auf Armlänge neben sich und konnte Nives Auge in Auge fixieren. Immer wieder prostete und zwinkerte Pacho auch ihm zu, während er scheinbar unentwegt auf Ramos und Nives einredete, sogar als kein Barhocker mehr frei war und links und rechts von ihm irgendwelche Mädchen mit Señores saßen. Alle schienen Nives zu kennen, oder alle kannten einander hier, schließlich redete jeder mit jedem, Loris sah und hörte, wie Nives lachte und sich unterhielt mit aller Welt, als ob alle anderen sichtbar und nur er unsichtbar wäre. Obwohl es ihm nicht unangenehm war, einfach nur zuzuhören und zu schauen und nicht reden zu müssen, beleidigte ihn schließlich genau dies: daß Nives ihn nicht herzeigte, sondern unsichtbar ließ. Wahrscheinlich wäre sie froh

gewesen, wenn er sich selbständig gemacht, wenn er sich etwas hätte einfallen lassen, dachte er später einmal, vielleicht war er es sogar, der sie demütigte mit seinem stummen Dahintrinken, mit seiner trägen Absenz. Dabei hätte er nichts lieber getan, als mit ihr zu reden oder zu schweigen, er hätte sie vielleicht auch gefragt, ob sie wirklich wolle, daß er in der Stadt bleibe oder nicht doch lieber mit ihm an den Pazifik, in dieses Urwalddorf mitkommen möchte. Aber sie wechselte jetzt sogar den Platz, kaum daß ein Barhocker neben Pacho freigeworden war, ohne ein einziges Wort zu ihm, Loris, er schlürfte seinen Tequila, und mit jedem Schluck schien seine Sehschärfe zuzunehmen, er sah und beobachtete alles wie durch ein Vergrößerungsglas, als ob er Köpfe, Gesichtszüge, Grimassen mit einer Schere auszuschneiden imstande gewesen wäre, um die Beweisstücke jederzeit und für immer vorzeigen zu können. Dann, als Nives in einem Lachanfall ihre Stirn gegen die Schläfe des ebenfalls lachenden Pacho stieß oder lehnte, bemerkte Loris, daß er von seinem Hocker heruntergliṫt und mit zwei Schritten neben der noch sitzenden Nives stand und zu seiner eigenen Verblüffung mit dem Handrücken in ihr Gesicht schlug, heftig und jäh, er sah seine Hand fast in Zeitlupe aufsteigen, vogelartig, eine schwirrende Schwalbe, und er hörte das Aufklatschen schräg über ihrem Auge, und nochmals auf dem Mund, ganz kurz und hart, Pacho riß ihn von ihr fort und zerrte ihn durch Musik und Stimmenchaos zu einem abgelegenen, noch leeren Tisch und beruhigte und betätschelte ihn. Die Wände, die er sah, waren weiß, doch irgendwie auch dunkel. Ich bin in einem fremden Land, sagte er, ohne die Lippen zu bewegen, aber auch in seinem eigenen wäre er sich jetzt fremd gewesen. Die Musik wurde immer lauter und leerer, ja, leerer und nackter. Was er Nives nicht verzeihen wollte, waren Gedankenlosigkeit oder Gleichgültigkeit, nein, war ihr feiges Verleugnen.

Wahrscheinlich hatten Ramos oder Pacho ihn zurückgebracht, er erwachte in der Dunkelheit auf dem Fliesenboden, vielleicht weil die halboffene Zimmertür die Nachtluft hereinließ, er legte sich aufs Bett und schlief nicht mehr ein, lauschte in der Finsternis die Geräusche nach Nives ab, horchte auf ihr Zurückkommen. Endlich, lange nach Mitternacht, hörte er das Trippeln ihrer Stöckel und spürte schon ihren Zorn und ihre Abweisung auf sich niederfahren. Sie warf ihre Kleider irgendwohin und sackte neben ihm ins Bett. Er spürte ihre Bleischwere, die gleiche Schwere, die auch in ihm war, nie hatte er so genau die Veränderung gewöhnlicher Zimmerwände beobachtet, eine Ewigkeit bis zum Morgengrauen.

Beide lagen sie auf dem gleichen Laken, unter der gleichen dünnen Wolldecke, und sie achteten darauf, daß ihre Körper sich nicht berührten. Nives' Gesicht, das er in dieser Nacht, in diesen Stunden zum Morgen hin nur aus dem Augenwinkel sehen konnte, schien ihm weiß bemalt, er hätte nicht sagen können, ob es die Farben des Krieges oder des Todes waren, doch in der Dunkelheit dieses kahlen Zimmers glaubte er nichts so deutlich zu erkennen wie diese feindlichen, weißen Linien auf ihrem Gesicht, alles andere war schmiegsam an ihrem Körper, er fühlte, daß sie bereit war, ihn bis an die äußerste Grenze zu treiben, wenn möglich über den Polarkreis hinaus. Sie sprachen auch nicht am Morgen, es war eine Zeit zum Erbrechen: nie würde er wissen, warum sie nach einer Nacht dieser Ferne und Erschöpfung schon um sechs Uhr früh wegliefen aus diesem Zimmer, nur um sich weh zu tun, um sich zu beleidigen. Loris schreckte auf, als Nives am Bettende in ihr Kleid stieg. Er versuchte nicht, sie zurückzuhalten, er stand ebenfalls auf, kleidete sich wortlos an, und auf dem Weg zur Waschnische streifte er sie beinahe. Komm mir nicht nahe, fuhr sie ihn an. Alles, was er jetzt tat, jede Bewegung, jeder Griff war nach innen gekehrt, er schottete sich ab, jedes Geräusch, das sie erzeugte: Seufzer oder das Heben des Fußes, das Aufsetzen des Schuhes, er schluckte und steckte alles ein, auch wenn es wie Schläge war, Treffer in seinem Gesicht. Und er schloß hinter ihr die Zimmertür, schritt hinter ihr die Treppe hinab; in der Halle war niemand, sie verlangsamte ihre Schritte auch in der Gasse nicht, und er rannte ihr nicht nach, doch anscheinend achtete sie darauf, ihn nicht abzuhängen. Sie überquerten die morgenleere, breite Avenida, und in der Nähe des Busbahnhofs betrat sie eine Kneipe, die entweder noch nicht geschlossen oder eben erst geöffnet hatte für gestrandete Nachtvögel, Betrunkene, Huren und Schlaflose. Nives hatte sich an den einzig freien Tisch neben der Tür gesetzt, ein unangenehmer Platz, weil man nie wußte, ob die schnell aufgestoßene Tür einen nicht treffen könnte; direkt gegenüber die Theke mit dem zuckerig klebrigen Frühstücksgebäck. Nives bestellte mit lauter, tränenloser Stimme. Die beiden Frauen im Ausschank krähten scherzend zurück, offensichtlich kannten sie Nives, behandelten sie wie ihresgleichen. Ich könnte dich schlagen, verprügeln lassen, sagte sie wie vor sich hin mit abweisendem Blick, während sich hinter der Theke die Tassen mit Kaffee füllten; im hinteren Teil des Lokals wurden Stimmen laut, ein dumpfer Aufprall war zu hören, bald darauf zerrten ein paar Männer einen Volltrunkenen zur Ausgangstür und warfen ihn auf die Straße.

Loris streckte mehrmals die Hand über den Tisch, sie zuckte mit ihrer zurück. Er setzte mehrmals zu einem Wort an, wollte sich erklären, entschuldigen, aber sie schnitt ihm schon den Anfang eines Wortes ab. In dieser Tischecke, zwischen Fenster und Eingangstür, richtete er sich schließlich auf ihr Auseinandergehen ein und war zugleich fasziniert von den beiden konzentriert hantierenden und dabei ununterbrochen schwatzenden Frauen hinter der Theke, die eine unbegreifliche, ausgeschlafene Morgenfrische verbreiteten. Sie beide aber saßen nur noch stumm da, es war das letztemal, daß er Nives in Tepic gesehen hatte.

In der ›Tienda Nueva‹ erwarteten ihn bei seiner Rückkehr Pacho und Ramos. Pacho wußte plötzlich von einem Lebensmitteltransport, der heute vormittag, also in wenigen Stunden abgehe nach Santa Cruz. Ramos versicherte Loris, daß dies ein Glück für ihn sei, ein Geschenk der Vorsehung, doch Loris war ihnen nicht dankbar, seine Leere, seine kalte Wut konnten sich an nichts messen. Trotzdem entging ihm nicht, daß die beiden ohne Mädchen und nicht einmal in Anwesenheit der Patrona hier in der steinernen Halle herumsaßen und also ausschließlich seinetwegen da waren. Er hätte am liebsten Steine oder Flaschen geworfen, aber er hörte ihnen schweigend zu und nickte. Sie gingen mit ihm auf sein Zimmer, als wären sie seine Leibwächter oder Polizisten. Loris hatte noch gut drei Stunden bis zur Abfahrt; wenn er allein gewesen wäre, hätte er sich aufs Bett geworfen und vielleicht ein Kissen über sein Gesicht gelegt, doch so blieb ihm nichts anderes übrig, als mit schnellen Handgriffen die Koffertasche zu füllen. Er ärgerte sich, daß Ramos auf der Bettseite hockte, wo Nives gelegen hatte, während Pacho sich vor dem Fenster aufpflanzte, obwohl die Jalousien geschlossen waren. Loris berührte mit Stirn und Nase das Spiegelglas der Duschecke, drehte sich um zu seiner Koffertasche und sagte: Gehn wir. Seine Freunde nahmen ihn in die Mitte und begleiteten ihn so die Steinstufen hinunter. Die Señora erwartete sie bereits und nahm ohne ein Wort seine Dollars entgegen.

Über ihren Köpfen schrumpfte der Himmel, auf den Avenidas schlichen die Autos dahin.

Gleich geht's los mit der Sintflut, rief Ramos. Laß dich nicht von einem Platzregen einschüchtern, hustete Pacho freundschaftlich. Und kaum hundert Schritte vom Busbahnhof entfernt zerriß der Himmel in einem fast lautlosen Zischen. Als hätte ein Riesenfluß über ihren Köpfen sein Wasserbett durchstoßen, ergoß sich ein Wolkenbruch über sie, entleerte sich ein unendliches Faß mit einem Schwall über der Stadt, auch die hundert Meter waren zuviel, um sich nur halbtrokken unter das Hallendach zu retten. Loris wunderte sich, daß er trotz allem rannte, obwohl er sich genausogern auf den überfluteten Asphalt gelegt hätte. Während seine Haare, die Jacke, alles an ihm sich vollsog mit Wasser, schlürfte er den Regen, der über sein Gesicht rann, in sich hinein und konnte kaum atmen vor Scham, Wut und Glück, er hätte diesen Regen gerne mit Nives geteilt.

Am Busbahnhof trank er mit seinen Begleitern einige Bier, zwischendurch verschwand Pacho immer wieder, um den Lebensmitteltransport nach Santa Cruz im Auge zu behalten, wie er sagte. Dann verfiel Loris in ein leicht erträgliches Schweigen und schaute zum Fenster hinaus wie Ramos, der ebenso wie Pacho den Namen Nives nicht ein einziges Mal erwähnte. Ramos schob ihn schließlich vor sich her zu dem mit einer Regenplane abgedeckten Lastwagen, der, mit nur zwei Bänken bestückt, nach Santa Cruz fahren sollte, umarmte ihn wie einen Kranken, beschränkte sich im übrigen aber darauf, ihm einen Briefumschlag in die Hand zu drücken: Für einen Freund, den dein Freund Ivo kennt, meinte er.

Als der Lastwagen abfahrbereit war, wollte Loris unter die Regenplane hinaufklettern und sich zwischen Mehl- und Zuckersäcken verkriechen, doch Pacho bestand darauf, daß er sich vorne neben den Fahrer drängelte, wo bereits eine Frau und ein älterer Mann auf der Beifahrerbank saßen. Loris klemmte sich neben den Mann, und Pacho drückte die Tür zu.

Sie waren noch nicht aus der Stadt draußen, da schien schon wieder die Sonne. Die Wasservorhänge waren plötzlich wie durchgeschnitten und von einer blauen Wolkenlosigkeit aufgesogen. Loris spürte den Druck des Mannes links von sich, rechts stach ihm der Innengriff der Wagentür in die Seite. Als Nives ihm an diesem Morgen trotz allem die Arme um den Hals gelegt hatte, um sich zu verabschieden, riß sie die Hände jäh zurück, ohne sein Gesicht berührt zu haben, und rannte zur Toilette der Frühstücksbar, aber er wußte, daß sie seinen Kopf umfaßt hatte, bevor sie davongelaufen war. Er starrte auf die Zuckerrohrplantagen, durch die sie fuhren, ohne daß er die Kilometer hätte abschätzen können, die sie von der Stadt schon entfernt waren. Zuckerrohr-, dann Kukuruzfelder und Papayaplantagen, er nahm sie wahr, als sie fast schon wieder aus seinem Blick entschwanden, zu sehr spürte er den rücksichtslos pressenden Körper des Mannes, der tiefkehlig auf ihn einredete. Loris wehrte sich mit wachsender Schamlosigkeit gegen den Druck und hielt seinen Sitznachbarn mit ruhiger Wut auf Abstand.

Woran er sich später besonders erinnerte, war das Eintauchen des Lastkraftwagens in die schnell wechselnden Schatten von Hügelwäldern, es war, als tauchte er selbst kopfüber in die Finsternis, um irgendwann den Kopf frei zu haben unter einem neutralen Himmel. Lange Schnüre von geraden Schneisen schossen durch seinen Blick, nie ein Stückchen Asphalt, nie eine Siedlung oder ein einzelnes Haus, sie fuhren durch eine grüne Mauer zum Pazifik, er dachte: zum rettenden Wasser, auch wenn ihn jeder Entfernungsmeter schmerzte. Der Mann neben ihm hieß Miguel und fuhr nach Santa Cruz, um dort den ersten Fernsehapparat aufzustellen für das ganze Dorf. Gleichzeitig war dies seine Hochzeitsreise mit der lederhäutigen Frau, die zwischen ihm und dem Fahrer saß. Als sie den letzten Hügelkamm überquert hatten, sah Loris hinter Bananenplantagen eine Bläue aufblitzen, die das Meer sein mußte. Die Straße wurde staubiger, die pulverige Erde flog wie Rauch unter den Rädern auf, trotzdem blieben die Fensterscheiben heruntergekurbelt, und sie schluckten die dampfende Luft mit der aufgewirbelten Erde. Zuletzt kurvte die Straße durch Bananenfelder, dann erblickte er die ersten Hütten zwischen Kokospalmen und Mangobäumen. Auf einem kleinen Platz, der nicht einmal halb so groß wie ein Fußballfeld war, rollte der Lastwagen aus, und sie kletterten vom Führerhaus herunter.

Die Frauen, die auf den Lastwagen zukamen, lächelten, aber ihre Freundlichkeit verbarg sich in fast unbewegten Gesichtern. Miguel reichte ihm die Koffertasche herunter, und Loris bemerkte schnell, daß die Männer, die in ihren weißen Tuchhosen und kurzärmeligen Hemden einen Halbkreis um den Lastwagen bildeten und ihn mit schläfrigen Augen kaum beachteten, nur auf Miguel gewartet hatten und auf die große Schachtel, die Miguel jetzt behutsam von der Lastwagenrampe herunterhob in die hochgereckten Hände der Männer: der Fernsehapparat für Santa Cruz.
Mit der Koffertasche in der Hand sah sich Loris um, es mußte erst vor kurzem geregnet haben; der roterdige Platz war von dünnen Rissen, aber auch von breiten Klüften durchzogen, er sah nicht weit von seinen Füßen einen orangefarbenen, handtellergroßen Krebs, und je mehr sich seine Augen auf die Erde konzentrierten, desto mehr Tiere nahm er wahr, kleine und größere pelzige Krabben, die aus der geborstenen Kruste des Platzes auftauchten und schon bei der geringsten Bewegung in ihrer Nähe wieder verschwanden. Loris konnte nicht wie sie verschwinden, im Gegenteil, er mußte sich bemerkbar machen, um seinen Freund zu finden, und kaum hatte er Ivo gesagt und Gringo, verstand man ihn, und schon zeigten sie

auf seinen Freund. Er war plötzlich am Rande des kleinen Platzes aufgetaucht, oder hatte dort bereits seit der Ankunft des Lastkraftwagens gestanden als unbeobachteter Zuschauer, jetzt jedenfalls kam er grinsend auf ihn zu in der denkbar besten Laune, zu der Ivo in der Lage war. Sie gaben sich die Hand und umarmten einander, dabei sah Loris einen Leguan auf einem Dach, und bald darauf wußte er, daß es das Dach des Lebensmittelhändlers Tomas war. Das kleine Haus, zu dem ihn sein Freund führte, lag dem Laden gegenüber, dazwischen ein breiter, rotlehmiger Streifen, ein Trampelpfad oder ein Stück Straße, die zum Meer hin zwischen Kokospalmen verschwand. Ivo trug ihm mit freundlich verzerrtem Gesicht die Koffertasche bis zu seiner ziegelgedeckten Baracke, und beide kamen sie dort gleichermaßen erschöpft an wie von einer Überanstrengung. Sie sprachen kaum einen halben Satz bis zum Überschreiten der Türschwelle, und während Ivo ihm auf einem Benzinkocher ein Fladenbrot röstete mit drei Eiern und Avocado- und Mangoschnitten auf einen Teller legte, dachte Loris, ich ersticke, ich muß zurück, ich muß mich Nives verständlich machen, ich möchte, daß sie hier ist. Er saß ohne Handschellen in einem Freiluftgefängnis mit zwei offenen Türen, einer auf den Platz und einer auf einen wildwuchernden Garten hinaus, sein künftiges Paradies, das voll war von den schweren Düften der Regenzeit und den Erinnerungen der letzten Nacht. Das Haus hatte einen lehmigen Boden und zwei Räume, zwei Meter Breite und drei Meter Länge jeweils für ihn wie für seinen Freund, der ihm den vorderen Raum mit der Tür und einem glaslosen Ladenfenster zum Platz hin überließ, und damit auch sein Bett, ein stabiles Eisengerüst mit braunen, dürren Bananenblättern statt einer Matratze. Außer diesem Bett, das unter dem Fenster mit dem Fußende zur Eingangstür aufgestellt war, gab es noch ein Tischchen und einen Stuhl an der Wand, hinter der Ivos

Raum war, ohne Fenster, aber dafür mit einer fast immer offenen Tür zum Garten, in dem mitten im kniehohen Gras oder Unkraut eine Bananenpalme sowie Avocado- und Mangobäume wuchsen. Ivo erklärte ihm, daß er das Haus von der Witwe Sanchez gemietet habe, übrigens einer Schwester seines Freundes Pacho, des Friseurs in Tepic. Über Ivos Gesicht lief ein flüchtiges Lachen: Den kennst du mittlerweile wohl auch? Er forschte ihn nicht aus, und Loris war zu müde, um erzählen oder gar fragen zu wollen, plötzlich war ihm, als wäre er nur mehr ein mit feuchtem Zement angefüllter Hautsack. Er übergab Ramos' Brief.

Loris schlief bis in den späten Nachmittag hinein und schreckte erst auf, als der Himmel direkt über seinem Blätterbett zu bersten schien, Regenströme prasselten auf das Ziegeldach, und vor dem Fensterloch sah er die Regenstränge herunterstürzen wie flüssige Stangen. Donner und Blitz hatten ihn aus einem Traum gerissen, er hatte geträumt, daß ihn zwei Museumswärter festhielten, weil er sich auf das marmorweiße Gesicht einer Skulptur hatte stürzen wollen, das weiße Gesicht, das ihn hinter der Theke der Museumsbar kaum hatte wahrnehmen wollen. Er liebte dieses Gesicht ohne die geringste Erregung und wußte, daß er eine weiße Maske küssen und für diese Küsse jeden Mord auf sich nehmen würde.

Er rekelte sich auf seinem Schlafsack, den er statt eines Lakens über die dürren Bananenblätter gebreitet hatte. Durch das offene Fenster sprühten nur feine Regenschleier, aber die Wassersträhnen bildeten eine noch immer lärmende klatschende Wand. Andere Geräusche konnte er nicht ausmachen. Er schaute nach oben und bemerkte, daß es keine Zimmerdecke gab, er sah direkt in die Dachziegel, auf die der Regen trommelte, mit geballten Fäusten schlugen die Regenhände

auf das Dach, und er folgte mit den Augen den Balken, armdicken Baumstangen, die es trugen. Die Zimmerwände waren grob verputzt und ohne Farbe. Loris versuchte, Nives zu sehen, ihr weißes Gesicht der letzten Nacht, doch es gelang ihm nicht, er verstand nicht, warum, er erfaßte nur ein einzelnes Auge, den Strich der schmalen Nase, es war, als sei ihm lediglich die Sprache dieses Gesichts in Erinnerung geblieben, ein schnelles Lächeln oder der Schatten eines unterdrückten Zorns. Sie hatte ihn vor der Tavernentoilette verlassen, wortlos oder mit einem kaum hörbaren Gruß, er war unfähig gewesen zu einem Wort, und nun erstickte er beinahe an der Erinnerung, an einem peinigenden Selbstekel, davon konnte er niemandem erzählen. Er versuchte, ohne größeres Geräusch aus dem Bett zu kommen, zog die Tür auf und trat in den Regen hinaus, das Wasser fraß sich sofort in sein Hemd, es war unmöglich, das Gesicht länger als für Sekunden dem Regen entgegenzurecken, lauwarm klebten die Kleider an seiner Haut, die bloßen Füße wateten knöcheltief in den braunen Fluten des überschwemmten Platzes, eine graue, dampfende Regenwand verwischte die Konturen der Hütten.
Loris! hörte er rufen, in der offenen Tür stand Ivo und winkte ihn mit komisch flatternden Armen ins Haus zurück. Die einzige Dusche, die ich dir anbieten kann in Santa Cruz, verbeugte er sich, mindestens zweimal täglich in den nächsten Wochen, die Regenzeit hat begonnen, aber das Baden im Meer ist möglicherweise ungefährlicher als diese Dusche bei Blitz und Donner. In einer halben Stunde ist alles wieder vorbei, dann spazieren wir zur nächsten Bucht.
Loris suchte trockene Wäsche aus der Koffertasche, er fühlte sich besser, auch wirkte die Stimme des Freundes vertrauter. Im Nebenraum, wo Ivo hauste, bemerkte er erst jetzt am Kopfende der Hängematte einen offensichtlich unbenützten, gemauerten Herd, darauf sah er einen Benzinkocher, auf

dem Ivo gerade Teewasser aufsetzen wollte. Aber irgend etwas funktionierte nicht, und Loris sagte: Wenn du dich meinetwegen bemühst, mir ist zur Zeit nicht nach etwas Heißem.

Die Tür zum Obstgarten stand trotz des Regens weit offen, er konnte durch die Regenstriemen die Avocado- und Mangobäume rund um die breitblätterige Bananenpalme ausmachen und grünes Kraut, von dem er nicht hätte sagen können, ob es Gemüse oder Farne waren. Freizeitgelände für die Nachbarferkel, sagte Ivo in seinem Bariton, kein einziges Salat- oder Gemüsebeet, eigentlich ist der ganze Ort so.

Sie hockten sich auf die Türschwelle und schauten lange Zeit wortlos in den herunterprasselnden Regen hinaus. Die Pflanzen bogen sich wie gepeitscht. Irgendwann begann Loris von den verschiedenen Etappen seiner Reise zu erzählen und fragte dann jäh: Wer ist dieser Friseur?

Pacho? Eine tolle Nummer, der Freund von allen, und ein verläßlicher Compañero.

Kumpel oder Genosse?

Vielleicht auch das.

Fast unbemerkt war der Wolkenbruch in ein sanftes Rieseln übergegangen, und als Ivo ihn darauf aufmerksam machte, dampfte der Garten bereits unter der Sonne des späten Nachmittags, eine schwere, moderige Hitze stieg vom Boden auf.

Wenn du magst, gehen wir zur Boca, das ist der Dorfstrand, kaum zweihundert Meter von hier.

Die Luft war hellgrün vom Glanz der tropfenden Bananen- und Kokospalmen, die Konturen der Hütten schmiegten sich braungelb in die Dampfschleier, Loris stapfte neben Ivo durch Wasserlachen; die Überflutung des Platzes war von den Rissen im Boden fast schon weggeschluckt, aber Loris spürte, wie seine Schuhe im Schlamm einsanken, und immer wieder

blieb er stehen und schaute in die blauroten Wolken, die über den Himmel trieben.
Bist du hungrig? fragte Ivo und zeigte auf die größte Hütte am Platz. Unser Nachbarhaus grenzt mit dem weiten Laubdach direkt an unseren Garten. Quadelupe kocht samstags und sonntags Fleisch und an den übrigen Tagen Tortillas und Bohnen.
Laß uns erst mal zum Meer kommen, meinte Loris.
Er war nicht hungrig, und vor allem ertrug er kaum noch Ivos Rücksichtnahme, alles hier war ihm zu schön, ohne daß er es hätte erklären können, jeder seiner Schritte war unnütz. Sie gingen durch einen Bananenwald, aber schon bald schlängelte sich der Weg durch ein Schilfrohrdickicht. Ivo sprach von einem Paradies für Seevögel, Flamingos und Pelikane, und noch während er seine gutgemeinten Erklärungen gab, lichtete sich das Dickicht und ließ den Blick frei auf ein träge dahinströmendes Wasser, das eher an einen kleinen See denken ließ als an ein Flüßchen, das sich ins Meer ergoß. Auf dem gegenüberliegenden Ufer stand der Tropenwald bis ans Wasser, die Lianenvorhänge wurden von der Strömung sacht bewegt.
Wir baden oft hier, sagte sein Freund und führte ihn an einem zwischen Kokosstämmen gespannten großen Wohnzelt vorbei, beinahe mit drängender Eile, und über einen sandigen, baumlosen Platz, der so flach und hart war wie ein Fußballfeld.
Im nächsten Augenblick hatte Loris das gleißende Blau des Pazifik vor sich, sie standen auf dem Kamm einer Steinwelle, ungefähr über der Mitte einer sichelförmig geschwungenen Bucht. Er setzte sich auf die kinderhandgroßen Steine, die weiß gescheuert waren und manchmal rosa oder bläulich geädert. Es schrumpften die Städte, und auch die Berge schmolzen in dem blausilbernen Licht, übrig blieben nur der

Schneemorgen in Cheyenne und die Kaktuswüste rund um Hermosillo und das nasse Haar von Nives. Ivo saß nicht weit von ihm, jonglierte mit Steinen, schlug sie schließlich wie Tschinellen aneinander und warf dann einen weit ausholend flach über die nächste Welle. Es war eine weite Bucht, eine Muschelschale, bald würde die Sonne im Wasser untertauchen. Loris zog sich die Kleider vom Leib und lief mit bloßen Füßen über die Steine, ließ sich fallen, sinken und schwamm. Auch wenn sie mich haßt, dachte er und ließ sich von einer Wellenwalze einmal um sich selbst drehen, hier war jede Meeresbewegung eine mannshohe Wand, die, kaum daß sie als Drohung aufragte, sich schon überschlug. Es war ein Spiel mit den Zähnen, er fletschte das Meer an und es machte ihn ungeduldig, jetzt schläft sie noch einmal, oder nein, jetzt duscht sie sich, wählt die Wäsche, prüft an ihren Händen die Wahl des Parfüms, dabei möchte sie doch hier sein, in diesem Augenblick, in dieser Abendsonne möchte sie hinausschwimmen mit ihren schnell schlagenden Ruderarmen, und er blähte die Nasenflügel, während ihn eine Welle überraschte und ihm in den Rücken schlug, er spuckte das Salzige aus, aber dann füllte er noch einmal den Mund und trank. Er war erschöpft, als er sich über die Steinhalde hinaufzog.
Pacho kennt die Leute, und vor allem die in Tepic, sagte Ivo, naß und nackt auf dem Rücken liegend, und wahrscheinlich starrte auch er in die dahintreibenden Restwolken, die in der Höhe dort oben zerstoben, bis sie sich am Horizontrand in ein Rosa verflüchtigten. Über ihren Köpfen war der Himmel bereits blaugefegt.
Trotz des Wolkenbruchs waren die Steine und auch der schmale Sandstreifen am Wasser wieder trocken und warm. Loris richtete sich mit kleinen Bewegungen auf den Steinen ein, auch wenn er wußte, daß er hier am falschesten aller fal-

schen Orte war. Seine Unruhe zerfraß ihn, und alles, wonach er Ivo hätte fragen können, vielleicht sogar hätte fragen sollen, interessierte ihn jetzt nicht; der Mangel an Neugier lähmte ihn, aus den Augenwinkeln sah er, wie sein Freund ihn besorgt beobachtete.

Auf dem Rückweg ging Ivo auf das Wohnzelt zu, das mit aufgerollten Planen am Rande der Kokoslichtung stand. Ein paar Erwachsene, zwei, drei Frauen in langen, luftigen Kleidern und ein paar Kinder nahmen kaum Notiz von ihnen, es war eine schattige Ruhe, nur ein junger Mann in kurzen Khakihosen kam auf Ivo zu und legte ihm eine Hand auf den Nakken.

Steve, unser ältester Texaner, stellte Ivo den blondmähnigen Zeltbesitzer vor. Steve lächelte gleichmütig freundlich, wie einer, der jederzeit Gäste gewohnt ist, und ohne Loris die Hand entgegenzustrecken, wandte er sich um und kehrte mit einer Kokosnuß und einer Machete zurück. Er hieb die Frucht vor ihren Augen auseinander und sah Loris beim Schlürfen der Kokosmilch zu. Jeder schaute dem anderen ins Gesicht, und beide waren vielleicht auf diese Weise unberührt geblieben von der Neugier des anderen.

See you soon, verabschiedeten sie sich nach ein paar höflichen Worten und winkten sich zu, trotzdem hätte Loris dem Texaner gerne die Hand gereicht mit einem Druck, der seiner Zustimmung entsprochen hätte zu diesem Leben im Abseits.

Unterwegs zum Dorfplatz sah er, daß sich die Erde wieder geschlossen hatte, kein Krebs, keine Seespinne mehr, nichts als das raschelnde Schilfrohr auf der Flußseite, und dann die breiten Schwerter der Bananenpalmen und ihre stumpfgrünen Fruchttrauben.

Quadelupes Kochhaus war eine Erfindung der langhaarigen

Gringos von Santa Cruz. Es bestand wie viele Hütten des Dorfes nicht aus Ziegel- oder Steinmauern, sondern hatte lediglich ein hüfthohes, festes Gemäuer, darüber erhob sich, von Holzpfählen gestützt, das Kokosblätterdach. Zwischen dem Gemäuer und dem Blätterdach gab es keine Fenster, Luft und Wind hatten zwischen den hölzernen Ecksäulen freien Zugang.
Ivo stellte ihn Quadelupe mit der Zerstreutheit eines Hundebesitzers vor, begrüßte mit freundlich verzogenem Gesicht die gesamte bewegliche und unbewegliche Hausgemeinschaft: die herumlaufenden Kinder, den Tisch und das unter dem Tisch grunzende Schwein, den alten Vater und natürlich Quadelupe, die sich ihnen von der Feuerstelle aus halb zuwandte mit einem weißen, noch ungebackenen Maisfladen auf dem Handteller. Außer dem Großvater sah Loris kein einheimisches Mannsgesicht. Sie setzten sich, nachdem sie Quadelupe und ihrem Vater die Hand geschüttelt hatten, an den Tisch, der so in eine Ecke gerückt war, daß hinter einer Stirn- und einer Längsseite die Grundmauern als Sitzgelegenheit benutzt werden konnten. Loris versuchte für seine Füße einen Platz zu finden, der ihn mit dem Hausschwein nicht in Konflikt brachte; das Tier gebärdete sich jedoch wie ein Kuschelhund und döste friedlich vor sich hin, so daß Loris allmählich jede Rücksicht vergaß und seine Füße auf dem borstigen Rücken des Grunzers abstellte. Quadelupe hatte sich indessen mit Ivo verständigt, und schon bald schob sie ihm und Loris einen Teller mit Frijoles refritos hin, einem in Maisfladen gewickelten, gebratenen Bohnenpüree.
Irgend etwas stimmt nicht mit dir, murmelte Ivo kauend.
Dieser Ort ist wunderbar, sagte Loris nach längerem Schweigen, ich kann kaum glauben, daß er echt ist. Und er fügte hinzu, daß sich die Kokosblätter auf den Nachbardächern streckten wie geplättete, getrocknete Hände und die Erdrisse

in dieser dampfenden Luft aussähen wie Fischkiemen, die sich öffneten und schlossen.
Hast du geraucht? fragte ihn Ivo. Und als Loris entschieden abwinkte, meinte er: Morgen vielleicht noch nicht, aber in spätestens zwei oder drei Tagen hast du dich ans Klima gewöhnt und wirst Luftsprünge machen.
Ich weiß nichts von ihr, dachte Loris, ich habe sie nach nichts gefragt, aber sie hatte drei kleine schwarze Steine am linken und am rechten Ohr hängen und redete und redete mit den anderen, um sie alle abzulenken von uns – um sich und mich vor den anderen zu beschützen.
Er aß die Frijoles sehr langsam, und während er sie zerkaute und auf Quadelupes Rücken sah, fühlte er sich allmählich ankommen in diesem Pazifikdorf.
Nein, sagte er, ich rauche schon seit einiger Zeit nichts, trank aus dem Wasserkrug, den Quadelupe auf den Tisch gestellt hatte, und bemerkte die winzigen, sich ablösenden Hautfetzen auf dem fast kahlen Schädel des Vaters von Quadelupe; der Alte schien vor sich hin zu dösen und sah auch nicht auf, als sie die Hütte verließen.

Eine Lautsprecherstimme weckte Loris am nächsten Morgen aus dumpfem Schlaf. Er verstand kein einziges der gebellten Worte und kannte auch nicht das Lied, das gleich darauf ertönte und von einer schwermütigen, trostlosen Süße war. Er strich mit einer Hand über den Schlafsack, der sich feucht anfühlte, und schaute im Halbdunkel auf seine Uhr, es war erst sechs, aber an der Wand zitterte bereits ein handgroßer Sonnenfleck; leise, um Ivo nicht zu wecken, öffnete er spaltweit den Fensterladen und blickte auf den völlig leeren Dorfplatz; die Befehlsstimme und das Lied übertrugen Lautsprecher, die an Bäumen und Hüttengiebeln angebracht waren. Später erklärte ihm Ivo, daß in diesem Dorf vor allem Indios und Mestizen lebten, die in den Plantagen arbeiteten und ihre Anweisungen schon in aller Herrgottsfrühe über Lautsprecher erhielten.

Loris schlich sich aus dem Haus und folgte dem Weg zum Meer. Er begegnete einigen Männern, die mit ihrer Machete zur Arbeit unterwegs waren; immer wenn er grüßte, wurde er zurückgegrüßt, als ob sie über seine Anwesenheit im Dorf schon alle Bescheid wüßten; der eine oder andere rief ihm auch ein paar Worte zu, die er jedoch nicht verstand, nur daß es freundliche Worte sein mußten, war den Gesichtern der Grüßenden anzusehen.

Der Himmel war gefleckt mit grauen Regenwolken, doch die Sonne brach immer wieder durch, und die Hitze stieg bereits dampfend aus dem Schilf auf. Obwohl es so früh am Morgen war, spürte er, daß die Schwüle ihm das Atmen schwermachte und ihn zu langsamerem Gehen zwang.

Die Flut, die das Meer in Wellen den Fluß hinauftrieb, hatte den Deltaschlamm aufgewühlt und das Wasser ockergelb gefärbt. Der Strand war menschenleer, im Vorbeigehen hatte er auch den Eingang des großen Wohnzeltes zugezurrt gesehen, vor ihm schimmerte die Silberfläche des Pazifik. Bleib stehen, rief er sich vergeblich zu, hock dich in die Steine, schau, doch er wanderte weiter bis zum Wasser, warf Hose und Hemd und Schuhe auf die Steine, lief in die Wellen hinein, wurde überrollt und mußte sich zur Wehr setzen. Er fand schnell keinen Boden mehr unter den Füßen, Wellenkamm auf Wellenkamm brach über ihn herein, er wurde gewalzt und gewalkt und hatte Mühe, den Kopf wieder an die Oberfläche zu bringen, aber er sprang sofort in die nächste grüne Wellenwand hinein, durchstieß sie, tauchte unter ihr durch. Schwimm bis zum Horizont, schrie es in ihm, und er schwamm weiter, obwohl er nur ein mäßiger Schwimmer war, das Wasser wurde immer dunkler, und als er aufblickte, sah er in einen jäh sich

verfinsternden Himmel mit tiefhängenden Regenwolken. Er begann mit aller Kraft zum Strand zurückzuschwimmen, hörte nun auch das Donnergrollen, schloß die Augen und schwamm und wußte, daß er leben wollte, daß er Angst hatte. Als er über den steinigen Strand hinaufkroch, wurde der Himmel von Blitzen zerrissen, und wenig später entlud sich ein Wolkenbruch, über dem schwarzvioletten Ozean zuckten die Feuerrisse, ein Sturmwind rauschte durch das Schilf des Flußdeltas und duckte die Kokospalmen, als wären sie aus Gummi. Loris stieg naß in die nasse Hose und band sogar die Schuhe zu, er wußte, daß Rennen jetzt nicht mehr half. Der Weg war kaum noch zu erkennen und schien plötzlich zum breiter und breiter werdenden Flußdelta zu gehören.
Loris watete zum Dorfplatz zurück und wünschte heftig, er könnte Nives diese regengepeitschte, grünbraune Welt zeigen und dabei ihre Augen sehen.
Es war kurz nach acht, als er wieder auf seinem Eisenbett hockte. Ivo rief ihm aus der Hängematte einen Morgengruß zu.
In einer halben Stunde kannst du das nasse Zeug in den Garten hängen, viel länger wird der Regen nicht dauern. Seit wann bist du auf?
Seit die Morgenmusik eingesetzt hat.
Warst du schwimmen?
Ja, es war herrlich.
Ein wenig riskant bei Blitz und Donner, und außerdem würde ich nicht allein und schon gar nicht so früh zum Strand gehen.
Für mich war es bisher das Schönste.
Es gibt hier Leute, die werden im Morgengrauen mit ihrer Arbeit fertig.
Na und, was meinst du damit?
Daß an der Küste alles mögliche los ist, los sein kann.

Ich habe keine Menschenseele in der Bucht gesehen.
Dein Glück.
Zwischen den Mango- und Avocadobäumchen des Gartens gackerten die Hühner der Nachbarschaft, und zwischen den Bananenschäften und einem Avocadobaum suhlte sich ein graues Schwein. Die Sonne lag wieder in glänzenden Flekken auf dem Grün der Bananen und der vergrätzten Haut der Mangos. Loris hängte seine Wäsche über eine Schnur und starrte auf die Exkremente, die im Gras und zwischen Akanthusblättern von den Hühnern aufgeschnabelt wurden.
Vielleicht kennt er sie sogar, sagte er sich, ihren Tonfall, ihre schnellen, sachlichen Antworten, ihren Zorn und ihre Lust am Leben.
Heute gehen wir, rief Ivo aus der Hängematte, zur Baja della Escalinata, es ist der einsamste Strand hier.
Sie schlossen das Haus nicht ab und schlenderten an einer Hüttenzeile vorbei, die Loris noch unbekannt war. Soweit er bisher das Dorf kennengelernt hatte, bestand es aus zwei Hauptadern, zwei Häuserzeilen, die in stumpfem Winkel auf den Dorfplatz stießen. Vor Ivos Haustür breitete sich der Platz aus: Geradeaus gelangte man am Laden und der Hüttenkirche vorbei in den rechten Winkelarm, während sie jetzt in den linken abschwenkten. Hütten mit Kokosblattdächern, dünnen Lehmziegelwänden, die Innenräume nur durch knie- oder hüfthohe Mäuerchen voneinander getrennt, buenas dias, jedem Gesicht dieser Gruß, am Ende der Hüttenzeile bog die Straße in die Bananenfelder und dann weiter in den Lianendschungel, aus dem die Kokospalmen sich mühsam vordrängten bis zum abbrechenden Ufer des Pazifik, auf der anderen Seite aber, fast am Biegungsknie, moderte ein buntflatteriger Friedhof mit goldbedruckten Papierschleifen und Plastiklilien auf grünen Plastikkränzen halb verborgen zwischen Bananen-

palmen, die hier bestens gediehen, in einem süßlichen Gestank vor sich hin.

Gleich nach dem Friedhof wand sich die Straße durch den Dschungel über die Berge, zu Haufen getürmte Bananenbüschel warteten am Rande auf die Verladung. Am Fuß einer jäh abfallenden Böschung öffnete sich das Halbrund einer weiten Bucht, die geöffnete Schere einer riesigen Languste. Loris ließ sich von Ivo durch ein breites Bananenfeld führen, durchquerte ein Macchiaband aus Strauchwerk und blühenden Kakteen, eine Art Korridor, der in den Dschungel geschlagen war. Ein Schwarm Fregattenvögel flog auf, als sie die Böschung hinunter zum Strand stiegen.

Loris schlüpfte aus Hose und Hemd und watete gemächlich ins Wasser. Ivo platschte mit stampfenden Schritten auf die Wellen zu, Loris sah, wie er sich von den Wellenkämmen hochheben ließ, er selbst wanderte zum Ende der Bucht, Seevögel flatterten vor ihm auf, die Küste brach an mehreren Stellen fast senkrecht zwei bis drei Meter tief ab; da und dort ragten die Wurzeln von Kokospalmen über die Böschung, viele hatten sich geneigt, und immer wieder lag ein Stamm quer über dem Strand, Rastplätze der fischenden Vögel und der Aasgeier.

Als er zurückkehrte zu seiner in den Sand geworfenen Jeans, lag Ivo im nahen Schatten eines dickblättrigen Baumes nicht weit von einem nackten Mann mit gestutztem weißem Vollbart – er schätzte ihn Ende Vierzig –, der in einem Buch las. Loris blieb einige Schritte vor Ivo stehen, der ihn schläfrig anblinzelte und mit einer schlappen Handbewegung zu dem Weißbärtigen hinwinkte: Jerry, der Urvater der Gringos. Jerry setzte sich auf und protestierte mit mild lächelndem Gesicht gegen diese Ehre.

Es genügt, sagte er, wenn du dich Tag für Tag auf eine, vielleicht auf *die* Veränderung einstellst, und fügte, als Loris ihn

erstaunt anstarrte, hinzu: Ich bin erst ein halbes Jahr in Santa Cruz. Und nach einer längeren Pause, in der Loris sich in den kühleren Sand unter dem Baum hingestreckt hatte, sagte Jerry, beinahe lispelnd: Ich war Gärtner, bevor ich hierherkam, aber vor zirka dreihundert Jahren habe ich es auch als Professor versucht, in Berkeley, dann hab ich in der Anzeigenabteilung einer Zeitung gearbeitet, und wenn mir hier der letzte Cent ausgeht, werde ich mir die paar Dollars für den nächsten Daueraufenthalt in Santa Cruz als Postbote in Kalifornien verdienen.
Er tätschelte eine weiß-braun gefleckte Hündin, die er Alice rief.
Wenn mich etwas wirklich bekümmern könnte, dann höchstens das Altern von Alice.
Es war friedlich an diesem menschenleeren Strand und so heiß, wohl bald vierzig Grad im Schatten, daß Jerrys Worte wie aus einer Hitzedunstkuppel auf ihn heruntertropften. Jerry stand auf, ging langsam zum Wasser und winkte Alice mit mädchenhaften Handbewegungen zu sich. Loris sah ihn hinausschwimmen, der Hund blieb wie angewurzelt an der Wasserlinie stehen.
Was ist in Tepic so quergelaufen? fragte Ivo.
Die Blätter des Schattenbaumes glänzten ledrig grün, als wären es Opuntienohren.
Vielleicht weißt du mehr, als ich dir erzählen kann, sagte Loris, du kennst doch die Leute dort.
Du meinst Pacho?
Auch Ramos, und vor allem Nives.
Du hast also Nives kennengelernt, Glück gehabt, und wie war's mit Rey?
Sie war allein, an der Grenze.
O ja, meinte Ivo, das ist normal.
Und wer ist dann Rey?

Gute Frage, oder auch nicht, Rey ist einer, der viele Freunde hat, auf die er sich verlassen kann, und Nives gehört dazu, ich meine, sie ist immer und überall beschützt, auch wenn sie macht, was sie will; Rey ist ein seltsamer Typ, einerseits gibt er sich wie unsereins, anderseits halten wir uns hier auf Distanz, er ist autoritär, fast noch von der alten Sorte, und er hat gute Kontakte zur Polizei, er kennt jeden und alles.

Ich habe sie geohrfeigt, sagte Loris, ich habe Nives geohrfeigt.

Zum erstenmal seit der Begrüßung sah ihm Ivo wieder direkt ins Gesicht und hatte dieses vertrauenerweckende, neugierige und doch verlegene Lachen um den Mund, das alles an ihm wehrlos erscheinen ließ.

Sei froh, daß Pacho und Ramos in der Nähe waren, und mehr noch als Pacho kannst du Ramos danken.

Jerry stieg prustend aus dem Wasser und lief einige Meter den Strand hinauf und hinunter.

Ramos, flüsterte Ivo, war sehr aktiv während der Studentenrevolte in Mexico City.

Jerry trocknete sich sorgfältig ab, als könnte er bei vierzig Grad Celsius erfrieren. Meine Mutter, sagte er und ließ sich auf das ausgebreitete Badetuch in den Baumschatten sinken, meine Mutter hatte, solange ich zurückdenken kann, immer schon blaue Haare. Er drehte eine Zigarette, und bevor er sie anzündete, bot er sie Loris an: In meiner Familie wird seit drei Generationen Gras geraucht, meine Mom hat vielleicht nie ein Glas Whiskey vor dem Einschlafen getrunken, aber ohne ihre Graszigarette ist sie nie zu Bett gegangen.

Loris lehnte ab, überrascht von sich und zugleich irritiert.

Jerry legte sich flach hin und schmunzelte den Wolken zu, die sich über dem Meer wieder zusammenballten. Vom Ende der Bucht tauchte ein Reiter auf, von dem Loris zunächst nur das Weiß der Hosen ausmachen konnte.

Ivo stand auf: Das ist El Loco, sagte er und strahlte über das ganze Gesicht, immer für Überraschungen gut, er liebt die Gringos, vielleicht nennen sie ihn deshalb den Narren.
Schon von weitem war zu sehen, daß El Loco sich in Pose setzte und seine Machete zu schwingen begann; als er nur mehr ein paar Meter entfernt war, beugte er sich über die Mähne des Pferdes, ließ sich in den Sand fallen und tätschelte Ivos Schulter, wobei er mit fisteliger Stimme vor sich hin kicherte. Nachdem er die Stute mit einem Klaps fortgeschickt hatte, verneigte er sich theatralisch und zog dabei den Sombrero. Loris sah, daß er völlig kahl war und große rote Flekken auf dem Schädel hatte.
Der Spaßmacher ging hochaufgerichtet zu dem Bach, der ein paar Meter weiter aus der Lianenwand der Böschung trat. Das Pferd stand mit den Vorderhufen im Wasser und trank, El Loco trieb es mit einem leichten Schlag weiter hinein; die Stute machte einige Schritte und versank bis zur Kruppe, El Loco redete mit ihr, es hörte sich an, als gäbe er ihr Ratschläge, wie sie zu einem genußvollen Bad käme, dann steckte er die Machete in seinen breiten Stoffgürtel und watete in Hemd und Hose bis zum Hals ins Wasser, ohne daß sein Sombrero in Gefahr kam, und saß im nächsten Augenblick auf dem Rücken der Stute und preschte mit Kriegsgeschrei auf den Sand hinaus, stolz ließ er das Pferd aufsteigen und einmal über den Strand jagen, dann trabte er an ihnen vorbei und hob den Arm wie ein Triumphator, doch er tat das so abwesend, als grüße er nicht sie, sondern vielleicht das nahe Santa Cruz.
Loris grub sich im Schatten in einigem Abstand von Ivo und Jerry ein. Da sah er hinter seinen geschlossenen Augenlidern Nives, wie sie sich in diesem Zimmer der »Tienda Nueva« jäh im Bett aufgerichtet und ihn mit verschränkten Armen angeschaut hatte, bevor sie sich aus seinem Schweigen entfernte

und hinter dem Duschvorhang verschwand. Warum hatte er sie nicht verstanden? Hatte er sie nicht verstehen wollen? Um sie zum Äußersten zu reizen, sie herauszufordern? Du Idiot, fauchte er sich an und begriff, warum sie am Winkeltresen mit allen gut Freund gewesen war und ihm nur zugelächelt hatte aus der Ferne, sie stand auf der anderen Seite der Trennungslinie, die er am Nachmittag im Zimmer gezogen hatte.

Er hörte ein Motorrad, weit entfernt und doch ganz nah, dann wieder nur das Geräusch der Wellen, und dazwischen auch plötzlich Ivos Stimme. Als er aufblickte, sah er in die Speichen eines Motorrades, das einige Meter von Jerrys langgestrecktem Körper im Sand zum Stehen gekommen war. Ivo schob einen jungen Mann in schwarzgefleckten Jeans und einem blaugrauen T-Shirt über den Strand. Loris streckte ihm wie im Reflex die Hand entgegen.

Tom, stellte Ivo den Blonden vor. Er habe vor zwei Wochen Santa Cruz verlassen, um mit seiner BMW in die Staaten zurückzufahren, und sei jetzt, völlig überraschend, wieder da – macht fünftausend Kilometer hin und retour, und das mit einer 250er Maschine!

Sie standen sich im Sand gegenüber, Tom hatte einen offenen Blick, auch wenn er Loris scheinbar nur mit einem Auge betrachtete, über das andere hing ihm eine dünne Haarsträhne bis fast zum Kinn. Dreckverschmiert, wie er war, lief er ins Wasser und ließ sich von den kleinen Nachmittagswellen anschwappen, watete mit gestreckten Armen hinaus bis zum ersten Wellenkamm und tauchte in ihn hinein. Loris drehte sich zu dem Motorrad um, es hatte nur einen Sitz, dafür aber einen robusten Gepäckträger.

Wenn ich mir was wünschen könnte, schrie Tom, als er mit wasserschweren Jeans und T-Shirt über den Sand auf ihn zustapfte, wenn ich mir was wünschen könnte, würde ich mir was wünschen, wofür ich – ach, shit, irgendwas. Er ließ sich schnaufend in den Sand sinken und begann im Sitzen Hosen, T-Shirt und Unterwäsche auszuziehen und um sich herum zu verstreuen. Loris hockte wenige Meter entfernt mit angezogenen Knien da und sah, wie Tom nach einem Wort suchte und im nächsten Moment alles schon wieder vergessen zu haben schien.

Verstehst du, was ich meine, die Leute sagen, es sei alles in Ordnung, Tom bog den Oberkörper aus dem Sand hoch: Ich weiß nicht, wie ich es sagen soll –.

Der Wind wurde stärker und trieb mit zunehmender Schnelligkeit die rasch ins tintige Rot schlierenden Wolkenberge zusammen.

Ich muß nach Zacatecas, hörte er Tom vor sich hin sagen.

Wo ist das?

Eine alte Indiostadt in den Bergen, sagte Tom, ich bin eigentlich deshalb von den Staaten zurückgekommen, obwohl ich noch nicht weiß, warum ich dorthin soll.

Loris hob sich langsam aus seiner Sandmulde und begann sich anzuziehen.

Wie lange brauchst du mit deiner Maschine bis Tepic? fragte er, während er in seine Jeans schlüpfte.

Bei trockenem Wetter keine Stunde, ich war am frühen Nachmittag noch dort und hab was gegessen, aber warum Tepic? Nach Zacatecas ist es zehnmal so weit.

Könntest du mit mir nach Tepic fahren? Jetzt, in diesem Augenblick?

Mann, du gefällst mir, natürlich kann ich das, vorausgesetzt, dein Hintern rutscht nicht durch die Stäbe des Gepäckträgers. Es ist eine ziemlich harte Straße.

Sorg dich nicht, sagte Loris, es hängt nur von dir ab, ob wir fahren.

Tom holte aus einem kleinen seefesten Beutel trockene Wäsche und Jeans heraus, stopfte das noch feuchte alte Zeug in einen Nylonsack und diesen in den Beutel. Jerry las wieder in seinem Buch, und Ivo schwamm draußen vor den Austernklippen. Der aufheulende Motor krachte in das Geräusch des Nachmittagsmeeres, Tom versuchte ohne Sandfontäne vom Strand wegzukommen, Jerry winkte ihnen zu, seine Alice kläffte ihnen wie hysterisch hinterher. Der Himmel war nun violettgrau, Loris wußte, daß sie dem Gewitterregen nicht entkommen würden. Auf der Höhe des Friedhofes fuhren sie schneller, Loris hielt sich fest, indem er die Arme um Toms Hüften legte. Als sie in die Straße einbogen, die aus dem Dorf hinauf in die dichtbewaldeten Hügel führte, hatte ihn Tom noch nicht einmal gefragt, warum er nach Tepic wollte; er hatte ihn überhaupt nichts gefragt. Loris spürte an der zunehmenden Feuchtigkeit der Luft, die ihm mit wachsender Heftigkeit ins Gesicht schlug, daß sie dem Regen entgegensausten. Er senkte seine Stirn zwischen Toms Schulterblätter, sah mit schrägem Blick einmal auf diese, einmal auf jene Straßenseite, konnte sich aber an diese Gegend nicht mehr erinnern, es kam ihm vor, als brausten sie viel zu nah zwischen Baumstämmen, Lianen und Strauchwerk hindurch und schmiegten sich mit unempfindlich gewordenen Gesichtern an die löcherige Straße. Und dann brachen über ihnen die Wolken auseinander, Loris hörte am Abfallen des Motors, daß Tom heruntergeschaltet hatte, die Straße verwandelte sich in kürzester Zeit in einen Sturzbach, Jesus, stöhnte Tom und richtete sein Gesicht immer wieder auf, als könnte er den Regen mit jähem Heben des Kopfes einschüchtern. Es war unmöglich, mehr als ein paar Meter weit zu sehen, Tom hielt, stellte jedoch den Motor nicht ab; sie blieben auf der Maschine sitzen und beugten sich vor – Tom über das Lenkrad, Loris über Toms Rücken –, um den Motor abzudecken. So ließen sie sich eine Ewigkeit lang vom Regen peitschen, bis die Wucht des

Unwetters nachließ und sie vorsichtig weiterfahren konnten. Noch bevor sie die Plantagenebene vor der Stadt erreichten, waren ihre Hosen wieder trocken.
Pachos Friseurladen war geschlossen, auf einem Stück Papier, das auf der Innenseite der Glastür klebte, stand: FERIEN BIS DIENSTAG. Das war fast noch eine Woche und zwei Tage nach den Präsidentschaftswahlen. In der Taverne ›Los Mosquitos‹ saßen zu dieser Zeit noch die pensionierten Beamten und älteren Ehepaare, die sich vor dem häuslichen Abendessen vielleicht einen Aperitif gönnten. Loris durchschritt mit Tom den Flur und die Schwenktür und fragte den Mestizen hinter der Theke, der in seinem blendendweißen Jackett mit Goldknöpfen zu vereinsamen schien, ob Nives heute hier sei.
Noch nicht, sagte der Mestize.
Im großen Saal war die Beleuchtung schon für den Nachtbetrieb eingeschaltet, an den Tischen rund um die Säulen saßen einige Paare, auch einzelne Verlorene, die sich ganz der leisen Tangomusik hinzugeben schienen. Tom und Loris gingen zur Winkeltheke, an der er mit Nives gesessen hatte. Loris wählte den gleichen Hocker, und Tom kletterte auf den Polstersitz, auf dem Nives gelacht und mit Ramos und Pacho geplaudert hatte. Zwei Mädchen, die wohl zum Haus gehörten, warfen vom Ende der Theke Blicke herüber; Tom kauderwelschte mit ihnen bald in einem sympathischen Ami-Spanisch, bestellte sich eine Bloody Mary, Loris ließ sich eine Flasche Sodawasser geben und ein daumenkleines Glas Tequila. Der Barkeeper schien ihn nicht zu erkennen. Loris ließ sich viel Zeit, bis er ihn nach Nives fragte.
Schon seit längerem nicht gesehen, schüttelte der Mann den Kopf.
Und Rey?
Eines der Mädchen mischte sich ins Gespräch: Die beiden sind mit dem Wagen auf Tour.

Loris bezahlte, und Tom sagte, ich würde diesen ganzen Bullshit nie wieder anrühren.
Was meinst du damit? fragte Loris und dachte, also kennt auch er Nives.
Tabletten und Tequila in so einer Bar, das ist schlimmer als eine Bombe.
Loris wollte noch im »Tienda Nueva« vorbeischauen: Warte hier auf mich, in spätestens einer Stunde bin ich zurück.
Aber Tom wollte davon nichts wissen.
Ich bring dich mit der Maschine hin, und wenn wir keine Freude mehr haben an diesem Ort, fahren wir zurück, okay?
Die Gasse zum Hotel wimmelte von Abendbummlern, Tom zuckelte in Schlangenlinie zwischen den Händlern und den Abendfrische suchenden Spaziergängern hindurch. Im Patio tauchte die Señora hinter einer Säule auf, tat, als ob Loris ein neuer Gast sei, und gab sich enttäuscht, als er nach Nives fragte. Aus der Bar drang gedämpft ein Sinatra-Song. Die Señora legte Loris eine Hand auf die Schulter und führte ihn mit einem Augenzwinkern in die Barnische.
Nives habe ich seit Ewigkeiten nicht mehr gesehen, schwor sie.
Tom verschwand nach einem Glas Bloody Mary mit einem Mädchen nach oben, vielleicht sogar in das Zimmer mit den verrammelten Holzjalousien, dachte Loris und trank sein Glas Tequila aus, er war froh, daß er dem Mädchen, das ihn um Feuer bat, einen Drink bestellen konnte. Sie hatte zwei kaffeekernbraune Flecken auf der Wange, die mit Lippenstift hellrot eingekreist waren. Er fragte: Kennst du Nives? Das Mädchen wiegte den Kopf hin und her.
Um Mitternacht durchstreiften Tom und er noch einmal ›Los Mosquitos‹. Niemand hatte Nives oder Rey gesehen, auch an Pacho und Ramos wollte sich niemand erinnern. Ziemlich be-

trunken fuhr Tom mit ihm durch die Plantagenebene und dann über die Hügelkette nach Santa Cruz zurück, unterwegs hielt er einmal, um am Straßenrand sein Wasser abzuschlagen.

Loris wachte ohne Zeitgefühl auf, aber es mußte eine Ewigkeit her sein, seit er, kaum daß Tom die Maschine im Garten abgestellt und sich jeder gleich in seinem Schlafsack verkrochen hatte, von ferne die honigsüße, allmorgendliche Friedhofsmusik über sich hinwegrieseln gehört hatte und darüber offenbar sofort eingeschlafen war. Er schob den Riegel des Fensterladens zurück, und vernahm im nächsten Augenblick Toms Stimme: Was ist los? Nichts ist los, antwortete Loris, aber hast du eine Ahnung, ob es Morgen oder Mittag ist?
Unsere Armbanduhren haben wir in dieser Taverne versetzt, das brauch ich dir wohl nicht erzählen, oder?
Loris griff sich ans Handgelenk und sagte: Phantastisch.
Du hast sie dem Barkeeper gelassen, und ich, ach Gott ja, ich dem Mädchen an der Theke, ich denke, wir haben jetzt Nachmittag, ich war schon mal wach, wollte – was weiß ich warum – Licht anmachen, aber es war kein Strom da, nur die Sonne blinzelte durch alle Spalten dieser Bude.
Loris kniete sich auf die Pritsche vor der Fensterluke hin, jetzt könnten sie im Radio den Winter ankündigen, den ersten Schnee, murmelte er; es donnerte, und Tom meinte, es wäre besser, den Fensterladen wieder zu schließen und statt dessen die Tür zu Ivos Raum zu öffnen. Er klopfte einmal leise an und sang dann lauthals auf die Türfläche ein, bis Ivo ihm öffnete, er kochte Tee; im Türrahmen zum Bananengarten spielte ein blondes Mädchen mit zwei jungen Hunden, während ein schlaksiger Brillenträger, Mitte Zwanzig vielleicht, mit schwarzen, zu einem Pferdeschwanz gerafften Haaren sich an ein Seilende der Hängematte klammerte und auf seine endlos langen blauen Jeansbeine hinuntergrinste.

Tony und Dominique, das Einsiedlerpaar von Santa Cruz, rief Tom und rannte in seinen Boxershorts hinaus in den Garten, wobei er die Hände wie Markisen schräg über die Augenbrauen hielt, die Hunde sprangen hinter ihm drein. Loris kauerte sich neben Dominique auf die Türschwelle und versuchte die Hunde heranzulocken, Dominique lachte: Keine Chance, die kennen dich nicht.
Er wird uns besuchen, sagte ihr Freund Tony, unsere Hütte findest du an der Hauptstraße, er kicherte, dem einzigen Stück Teer hier, fünfzig Meter lang, nicht weit von der Backstube.
Ivo reichte Loris eine Schale heißen Tee.
Danke, sagte Loris und wußte doch, daß er mit Ivo nicht mehr reden konnte wie früher, irgend etwas trennte sie, machte sie höflich wie Fremde, beinahe rücksichtsvoll.

Am nächsten Morgen überraschte Ivo ihn mit dem Angebot, die Wohnräume zu tauschen.
Wenn du gerne in den Garten hinausschaust, kannst du das Hängemattenzimmer haben, sagte er und rieb sich die unrasierten Wangen, es sei denn, du kannst nicht schlafen in einer Hängematte, aber mir wäre ehrlich gesagt mein altes Eisengestell lieber.
Einverstanden, sagte Loris, gern, und dachte, ja, das wollte ich von Anfang an. Als ob eine offene Tür zum Unkraut, in dem Quadelupes graues Schwein herumrüsselte, eine kürzere Entfernung zu Nives wäre – ich schaue nun durch eine offene Tür und kann deine entferntesten Schritte, dein Kommen hören. Hast du mich gehört? schrie er in den Nebenraum hinüber, in dem Ivo sich einzurichten begonnen hatte.
Da tauchte Tom vor der Gartentür auf und drehte einen Zylinderkopf in seinen Händen.
Was ist los? fragte Loris, läuft die Maschine nicht mehr?

Übliche Wartung, sagte Tom, sah sich um und zischelte: In Tonys Haus ist die Polizei, laßt nichts herumliegen.
Loris schwang sich aus der Hängematte, steckte Paß und Geld ein und lief über den Platz die Dorfstraße hinauf. Er konnte die Sandalen kaum auf den Boden setzen, Sand und Steine glühten auf dem Platz, in der Gasse war der Teer weich geworden. Vor Tonys Hütte stand ein dunkler Kombiwagen. Mit freundlichem Jaulen umsprangen Loris die Hunde, dann hörte er Dominique, die ihm die Tiere von den Füßen wegzurufen versuchte, sie räumte Bücher in einen Karton, Tony packte Schallplatten ein, zwei Burschen in grünem Hemd und grüner Hose, die er im ersten Moment übersehen hatte, öffneten langsam und mit pedantischer Genauigkeit alle Dosen und Töpfe, und als sie eine große Teebüchse entdeckten, ließen sie Dominique und Tony mit jovialem Grinsen hinein riechen, bevor sie den Inhalt in einer Ecke des Raumes auf den Lehmboden schütteten und mit einem Fetzen Zeitung anzündeten. Es duftete bald im ganzen Haus danach.
Erst als Tony ein großes Paket an Loris vorbei nach draußen trug, bemerkte er, daß Tony keinen Pferdeschwanz mehr hatte und aussah, als hätte man ihm einen Topf aufgesetzt und alles darunter hervorschauende Haar mit einer Heckenschere abgeschnippelt. Wütend suchte Loris die geleerte Teedose, hielt demonstrativ die Nase hinein, fing an, mit spanischen, französischen und englischen Worten auf die beiden Burschen einzureden, aber sie grinsten und lächelten milde und hätten ihm auch noch auf die Schulter geklopft, wenn er ihnen nicht ausgewichen wäre. Dominique sagte plötzlich mit ruhiger Stimme: Tony muß ins Gefängnis, weil er sich gegen das Haareschneiden gewehrt hat. Loris fragte die Polizisten: Was stört euch, wenn jemand so aussieht? Seid ihr neidisch?
Sie hatten Loris nicht festgehalten, nicht einmal seinen Paß wollten sie ansehen. Er stand in ungeschnürten Stadtschuhen

da, als Tony und Dominique in den vollgepackten Polizeikombi stiegen. Tony setzte sich vorne neben eine Maschinenpistole, Dominique mit den Hunden zwischen ihre Schachteln. Sie hatten, wie bald im Dorf erzählt wurde, die Auflage erhalten, Mexiko innerhalb von achtundvierzig Stunden zu verlassen. Als sie losfuhren, stand Loris allein hinter dem Kombi; aus den Hütten folgten dem Geschehen Hunderte Augen, aber niemand setzte den Fuß auf diese kurze, geteerte Gasse. Loris winkte dem wegfahrenden Auto nach, die Polizisten winkten zurück.

In der Nacht wurde er von Maschinengewehrschüssen geweckt. Es donnert, dachte er, doch durch die offene Gartentür sah er keinen Blitz. Er hatte in der Hängematte geschlafen, rollte nun aber den Schlafsack auf dem Lehmboden aus, lag regungslos auf dem Rücken, angespannt, sprungbereit, und hörte keine Geräusche mehr, außer den Wind in den Bananenblättern, keine Schritte, kein Laufen, keine Schreie, dann plötzlich wieder das Knattern von schnell abgefeuerten Schüssen, die vom Meer zu kommen schienen oder jedenfalls aus der Richtung der Bucht.
Ivo, rief er leise und stand schon in Schuhen neben dem Schlafsack, öffnete behutsam die Tür zum Nebenraum und rief noch einmal: Ivo, und darauf: Tom! Aber es war niemand da. Er verschloß die Tür und das Fenster zum Dorfplatz und verriegelte die Tür zum Garten. Angezogen rollte er sich in die Hängematte und rauchte in der Dunkelheit eine Zigarette. Zum erstenmal wurde ihm bewußt, daß er ein Punkt war, auf den man zielen könnte. Und doch fühlte er sich unverwundbar, als wäre er beschützt von seinem Gefühl oder seinem Denken an Nives: Ich sterbe jeden Tag ein wenig oder ein bißchen mehr, auch an deiner Abwesenheit, an dem, was ich fühle und was ich vorher nie so gefühlt habe. Er re-

dete stumm und mit langen Pausen, in denen er sich dem ruhigen Schaukeln der Hängematte überließ, vor sich hin und schaute mit geweiteten Augen in die Finsternis um sich herum, bis er wußte, daß alles ihn betraf, der Phosphor, der über den Bananen glimmte, der Himmel, die Vögel, die sich irgendwo in den Bäumen duckten. Ich weiß, daß das alles da ist, und ich weiß, daß ich alles verlieren kann, ich lege die Schläfe auf die Hanfstricke der Hängematte, ich streichle die Haut der Fasern, ich lecke sie, ich lecke sie, wie die Tiere im Winterwald das Salz lecken, ich muß jetzt atmen, ruhig atmen und Atem haben für zwei. Durch die Türritzen sickerte allmählich das erste Licht, er konnte mit angestrengtem Starren nach und nach die Umrisse der wenigen Gegenstände erkennen, seine Schuhe und den Schlafsack und an einem Nagel an der Wand seine Tasche, er hatte sie einmal sogar in die Sonnenhitze des Gartens hinausgetragen und ausgestülpt, um sicher zu sein, daß sich keine Taranteln oder anderes Kleintier darin einnisteten, aber inzwischen lächelte er darüber, er legte die Hände über die Augen, rieb sein Gesicht, schlug sich auf die Wangen; der Tag drang unaufhaltsam durch die kleinsten Schlitze und Spalten herein, Loris schwang sich aus der Hängematte, riß den Riegel der Tür zurück und trat in den Garten hinaus, barfuß spürte er noch die Feuchtigkeit der Nacht, er mochte es, wenn die nassen Gräser ihn streiften. Hellwach öffnete er auch das Fenster in Ivos Raum und schloß die Tür zum Platz auf. Dann schlüpfte er in die Schuhe und kochte Kaffee, durchquerte mit dem Kaffeebecher in der Hand immer wieder die beiden Räume des Hauses, es war ganz still draußen, kein Wind, keine Stimme, keine Schritte so früh am Morgen. Sowie der Eckladen öffnete, würde er hinübergehen zu Tomas, dem Krämer, der so etwas wie eine Dorfzeitung war, er wußte immer alles, was hier vor sich ging, doch gab er sein Wissen nicht beliebig weiter, sondern fein dosiert und

abgestuft an die jeweils richtige Person. Wer aber war die richtige Person? Loris hatte mit Tomas bis jetzt nur unverbindliche Höflichkeiten ausgetauscht und wußte, daß er zum Beispiel keine Wurst verkaufte, weil dieses Dorf, wie er sagte, noch nicht wurstreif sei, er führte nur eine Käsesorte, altgewordenen Topfen, verkaufte Eier, weil die Hühner im Dorf sie legten, sowie Tomaten und Zigaretten, Sojabohnen und Pepsi-Cola, Seven-up und Squirt, Kondensmilch und Nescafé jede Menge und am Nachmittag ab zwei Uhr Brot.
Was Tomas, den Loris auf etwa zwanzig schätzte, im Dorf aber mächtig und unentbehrlich gemacht hatte, war seine Schreibmaschine, die er zu festgesetzten Zeiten in den Hinterhof stellte, wo in unregelmäßigen Abständen für die Leute in Santa Cruz auch Filme auf eine makellos weiß gekalkte Wand projiziert wurden. An einem Klapptisch schrieb er sämtliche Amts- und Trauer- und Liebesbriefe für die Dorfbewohner, die es nicht selbst konnten, und das war die überwiegende Mehrheit, behauptete wenigstens El Loco, der Dorfspinner.
Hast du eine gute Nacht gehabt? fragte ihn Loris, als er bei prallem Sonnenschein den Laden betrat.
Sehr gut geschlafen.
Bis zum Morgen?
Für mich ist es immer früh, wenn ich aufstehen muß, lachte Tomas.
Und die Schießerei?
Was für Schießerei? fragte er und reichte Loris, wie gewünscht, Eier und Kekse, und auch diesmal unterließ er es nicht, schmunzelnd auf das Wahlplakat an der Wand neben dem Fenster hinzuweisen: Luis Echeverría Álvarez, unser Präsidentschaftskandidat. Wie Todesanzeigen hingen diese weißen Plakate mit den schwarzen Lettern schon seit Wochen im Dorf an Bäumen und Hüttenwänden: El Pueblo con Luis

Echeverría Álvarez. Einen anderen Kandidaten schien es nicht zu geben als den regierenden Präsidenten. Am nächsten Sonntag würde gewählt werden.

Es war wolkenlos und heiß wie fast immer am späten Vormittag, als Loris auf dem Weg zur Escalinata-Bucht schon von weitem den Lastwagen vor Jerrys Hütte entdeckte. Er wunderte sich, daß er trotz der Dampfhitze nicht schwitzte, und fuhr sich, als müßte er das nachprüfen, mit der Hand über sein Gesicht. In der Hüttentür kläffte Alice zur Begrüßung. Jerry hockte vor einer Wand mit einer großen blauen Weltkarte, er schien einiges geraucht zu haben und winkte mit schlapper Hand, fast wie ein Scheibenwischer, und vergaß darüber, ihm den Mann vorzustellen, der in der Kochnische stand und sich mit einem Schnurrbartlächeln selbst vorstellte: I'm Rey. How are you?

Ein ruhiger Tag, der einen ins Schwitzen bringt, sagte Loris und dachte: Du also bist Rey. Seit sie von dir gesprochen hat, wollte ich dir gegenüberstehen. Er schaute auf die Weltkarte an der Wand, vor der Jerry zusammengesunken saß, und er sah die rot- und grüngelben Wachsmalereien der Huichol-Indianer, die an Fäden von den Dachbalken hängenden Muscheln,und dahinter, zwischen einem Rokokospiegel und dem fein gezeichneten Gesicht eines älteren Mannes in einem ovalen Goldrahmen, lehnte Rey an einem Regal mit Büchern und Büchsen. Mein Großvater, wies Jerry zum Bleistiftporträt hin, ich liebte ihn fast noch mehr als meine Mutter, obwohl er keine blauen Haare hatte.

Loris hatte das Gefühl, in ein Gespräch hineingeplatzt zu sein, aber das schien niemanden zu stören, denn Rey sagte mit einem Blick auf ihn, als wäre er von Anfang an dabeigewesen: Das Spiel ist ihr Spiel, und bevor du dich versiehst, bist du schon wieder mitten in ihrem Spiel. Jerry grinste vor sich hin,

und ohne Rey oder Loris anzusehen, nickte er zustimmend.
Bist mitten in ihrem Spiel, murmelte Rey, du gibst eine Antwort, und daraus folgt eine andere, und daraus wieder eine, du steckst schließlich inmitten von Kompromissen und machst genau das, was du nicht machen willst, nie machen wolltest.
Und was denkst du? fragte Loris, ich meine, hast du einen Vorschlag oder eine Methode, um dieser Falle auszuweichen?
Ich weiß nicht, ich weiß selbst nicht, wie, ging Rey sofort auf ihn ein. Er saß nun auf einer kleinen Öltonne, aus der Jerry einen Stuhl mit Lehne geschnitten hatte.
Es einfach nicht wie sie machen, sagte Rey schließlich, eine Bank in die Luft zu sprengen, das habe ich bisher leider nicht geschafft.
Er kam auf ihn zu, warum erwähnte er Nives nicht, er legte ihm einen Arm um die Schultern und lud ihn und Jerry auf einen Drink in seinem Lastwagen ein. Jerry stieg nicht in den zum Caravan umgebauten Kastenwagen ein, sondern spielte mit Alice davor herum, während Rey aus einem Kühlschrank eine Ginflasche hervorholte und mit irgendeinem Saft mixte. Loris schaute sich in dem Lastwagenhaus um: Er sah in ein gemütliches Wohnzimmer, sah ein Waschbecken, einen Wasserboiler, zwei Wandkästen, ein kleines Bücherregal und oberhalb der Fahrerkabine ein breites Matratzenbett. Nachdem jeder einen Schluck getrunken hatte, verabschiedete sich Loris zu seinem eigenen Erstaunen beinahe abrupt, aber mit einem kräftigen Händedruck von Rey, der ihm sympathisch war, und lief über den Sandpfad hinunter zur Bucht, er hätte jetzt auch in Kakteen gegriffen. Unter seinen Füßen knirschten Muscheln, ganze Inseln aus kleingemahlenen Muscheln. War das ein Spiel, und wenn ja, was für eines, und um was

ging es, um Grenzenlosigkeit, Schwüre, Gemeinheit, um alles unmögliche, um Lust am Töten? Er sah die weitgeschwungene Bucht und gleich darauf Toms weiße Leinenhose, in der er den anrollenden Wellen entgegenstapfte mit weit ausholenden Schritten.

Loris schwamm zu den Pelikanen hinaus, die sich auf einem Felsen tummelten, so weit war er noch nie draußen gewesen. Erst als er nur mehr ein paar Armlängen entfernt war, flogen die riesigen Vögel mit klatschendem Flügelschlag auf. Er versuchte zu den Austernbänken hinunterzutauchen, aber er schaffte es nur ein einziges Mal, dann sah er die Frau am Strand unter dem Baum, unter Jerrys Schattenbaum, mit Bewegungen, die er genau kannte, er erinnerte sich genau an dieses zornige Kopfschütteln, und wie unter Schock trieb es ihn ins Meer zurück, er schwamm noch weiter vom Strand weg, schwamm hinaus und dann in einem großen Bogen in Richtung San Blas. Weit weg von Jerrys Baum warf er sich, kaum noch bei Atem, in eine Mulde am anderen Ende der Bucht, versank in der Wärme des Sandes, jedes einzelne Sandkorn brannte auf seiner Haut, und doch schüttelte ihn eine kalte Wut: Ich wußte vorher nicht, was das ist, du vielleicht, aber es ist kein Spiel, und wenn es eins ist, dann eines zum Ende hin.

Loris hatte das Gesicht auf den Arm gelegt und hörte die Schritte, die sich näherten, spürte die zwei oder drei Finger über seinen Nacken fahren, sie streichelten ihn nicht, sie suchten nur auf seiner Haut zur Ruhe zu kommen. Als er sich umdrehte, strich sie mit der Hand über seinen Mund. Dann bedeckte sie seine Augen mit ihren Haaren.

Eigentlich müßte ich dich hassen, flüsterte Nives, ich habe dich tatsächlich gehaßt, obwohl ich gleichzeitig auch glücklich war, ich hatte einen geschwollenen Mund, eine Unterlippe, die sich blau und gelbgrün verfärbte, ich bin mit diesem

Mund tanzen gegangen, habe Männer verrückt gemacht, um dir weh zu tun, um deiner Abwesenheit einen Stich nach dem anderen zu versetzen, ich wollte dich bluten sehen. Und jetzt, sie lachte in sein Ohr, bin ich mit einem Möbelwagen zu dir gekommen.
Er blieb stumm, er griff mit einer Hand in ihr Haar, es war struppig von Salzwasser und Sand, ihre Brüste lagen auf seiner Brust, seine Hand streifte Sandkörner von ihrem Rücken, von ihren Schenkeln.
Ich wollte nur herunterlaufen zum Strand und das Wasser sehen, sagte sie. Und er spürte ihren Mund über seinen Augen. Als er in sie eindrang, kam es ihm vor, als hätte er von weitem seinen Namen rufen gehört.
Ich weiß, daß du in Tepic warst, sagte sie und berührte mit einer Fingerspitze seine Lippe, ich habe dich gesehen, mit deinem amerikanischen Freund.
Warum hast du mich nicht gerufen?
Eigentlich wollte er Nives die Luft zeigen, wie sie vor Hitze flirrte, eigentlich wollte er sagen: Hörst du das Meer, spürst du, wie die Sonne uns frißt? Doch statt dessen sagte er: Also ist es für dich, ich meine, es ist aufregend, mit dir bis zum Ende zu spielen.
Nein, schrie sie und schlug plötzlich mit den Fäusten auf ihn ein, ich will nicht – ich will nicht leiden.
Sie legte sich neben ihn auf den Rücken und redete leise in die Sonne hinauf. Trotzdem habe ich gewußt, ich muß in den Möbelwagen steigen. Sie lachte jetzt und weinte, während sie lachte.
Bleib bei mir, sagte er und war nicht sicher, ob sie ihn hörte, weil ihm das Stummsein die Kehle rauh gemacht hatte.
Ich bleib bei dir, sagte sie, Rey fährt heute abend in die Berge, er weiß, daß ich hier bei Freunden bin. Und ich habe ihm von dir erzählt.

Loris schwieg, er grub die Hände in den Sand und atmete neben Nives die Nachmittagshitze ein, es war, als könnte er alle Sprachen sprechen und doch stumm sein, und er war sich sicher, daß Nives dies spürte. Es störte ihn nicht, als Tom ihn rief, und es störte ihn nicht, daß immer mehr schwarze Wolken aufzogen. Nives warf ihm eine Handvoll Sand auf Nase und Mund: Ich habe einen sehr schönen Traum gehabt. Loris wollte sich aufsetzen, um sich den Sand aus dem Gesicht zu wischen, aber Nives drückte ihn nieder, hör mir zu.

Als es anfing zu donnern, bot er ihr scherzhalber sein T-Shirt an, und sie zog es sich tatsächlich über den Kopf, schlüpfte auch in seine Jeans und lief vor ihm her in den Schatten des Baumes zurück.

Ich komme heute nacht, sagte sie mit schmalen Augen, während sie sich in ihr kurzärmeliges Khakihemd hineinhangelte und es über dem Bund einer gleichfarbigen kurzen Hose zuknöpfte, Loris stieg in seine Jeans, die sie ihm zuwarf, und Nives bat ihn: Bleib hier, ich schwöre dir, daß ich Santa Cruz nicht verlasse. Ich komme ins Haus der Witwe Sanchez.

Loris sah, wie schnell ihre Füße in die Ledersandalen hineinfanden, und wanderte, ohne sich umzublicken, langsam wieder zum anderen Ende der Bucht zurück, er streifte für einen Augenblick die Stelle, wo er und sie gelegen hatten, und ließ sich nicht weit davon in den Schatten der Böschung fallen, versuchte mit Mund und Nase im Sand zu atmen, doch nach einer Weile warf er sich herum auf den Rücken, und als er sah, daß Tom auf ihn zuschlakste, rannte er ins Wasser, hechtete in die erste aufsteigende Welle und in die zweite und wurde wieder und wieder an Land gespült, winkte wie ein Schiffbrüchiger, strampelte durch das Uferwasser auf den Sand hinaus und klopfte Tom mit dem Handrücken auf die Brust.

Wo warst du heute nacht?

In den Vereinigten Staaten von Amerika, sagte Tom, in einem Alptraum, ich träumte, die Polizei hätte spezielle Hängematten erfunden, um Tony und Dominique das Kleingeld aus den Taschen zu schaukeln.
Und wo hast du das geträumt?
Auf einer Pritsche in Tonys Haus. Als ich aufwachte, wollte ich dich etwas fragen. Warst du schon einmal in der Schweiz?
Ja, warum?
Ist es dort schön?
Sehr schön.
Okay, das war alles, was ich dich heute fragen wollte, aber du warst nicht da.
Also hast du heute nacht nicht mit einem Maschinengewehr auf Bananen oder Mangos geschossen?
Mann, schnaufte Tom, ich habe tatsächlich ein Knattern gehört, und dann hat mich dieser ewige Donner geweckt, aber vielleicht war es doch dieses blöde, eintönige Knattern. Okay, dachte ich, mal wieder die Dynamitfischer, hinter denen die Küstenwache her ist.
Kann schon sein, meinte Loris.
Und was war mit dem Mädchen, das du vorhin weggeschickt hast?
Nives?
Wow! krähte Tom, also ist Rey in Town.
Wichtig für dich?
Auf Rey kannst du dich verlassen, der bringt nur das Beste vom Besten.
Loris formte die Hände zu einem Trichter und brüllte wortlos aufs Meer hinaus, jetzt ist sie in Jerrys Hütte, sie schaut auf die blaue Weltkarte, und sie rauchen alle drei dieselbe Zigarette.
Zwei Indios ritten ihre Pferde zur Tränke, einer grüßte mit halberhobener Machete.

Ich schaue bei Jerry vorbei, sagte Loris und sprang auf.
Auf dem Weg hinauf fuhr er mit der Hand durch die Blüten des wilden Salbeis und roch gierig an seinen Fingern. Jerry lag entspannt auf seiner Pritsche, vor der Hütte stand kein Lastwagen mehr.
Kennst du Rey schon lange?
Er versorgt uns hier mit dem, was du im Laden nicht bekommen kannst.
War ein Mädchen bei ihm?
Ja, Nives, sie war unten an der Bucht, du müßtest sie gesehen haben.
Hab ich auch.
Möchtest du einen Schluck Tee? fragte Jerry. Er schüttete sich ein paar Tropfen Mezcal in den Tee, und Loris schaffte es gerade noch, eine Hand über seine Tasse zu schieben.
Und wann kommen die beiden wieder zurück? fragte er, während er über die Tasse blies.
Du meinst Rey? Nives ist hiergeblieben, und bei Rey weiß man nie, kann Tage dauern, auch Wochen, bis er wieder auftaucht.
Auf dem Weg zur Plaza sah Loris am Wegrand eine Korallenschlange, rot und dünn wie ein Zeigefinger. Im Türschatten der Häuser lehnten die Frauen, hinter ihnen auf Stühlen saßen die Alten, junge Mädchen liefen ihren kleinen Geschwistern nach, die zwischen Friedhof und Dorfplatz hin und her rannten, um sich zu fangen, oder ihm, dem Gringo, möglichst auffällig und mit keuchendem Lachen in die Quere zu kommen. Loris ging am Laden von Tomas vorbei, sah die verschlossene Tür des Hauses der Witwe Sanchez und bog in den Dorfplatz ein. Dort balgten sich mehrere Kinder um einen Fußball, dem schon halb die Luft ausgegangen war; der Abendhimmel zitterte schwarz, jeden Moment konnte das Donnerwetter losgehen, aber statt die Teerstraße weiter hin-

aufzulaufen zu Tonys Haus, schwenkte Loris in den Weg zu Steves Zelt ein, schon von weitem hörte er den Fluß.
Als er aus dem Bananenwald heraustrat, sah er eine der Frauen nackt auf einem Baumstrunk sitzen. Sie ließ ihn auf sich zukommen, lächelte ihm mit kaum geöffneten Lippen ein wenig spöttisch oder auch traurig zu. Loris blieb ein paar Schritte vor ihr stehen, grüßte und fragte nach Steve. Ohne sich aus ihrer sitzenden Haltung zu lösen, zeigte die Frau auf das Zelt. Loris tauchte in das dämmerige Halbdunkel des riesigen Vorzeltes ein und stand plötzlich vor Steve, der auf dem sandigen Boden hockte, fast gleichzeitig – vielleicht aber sogar früher – nahm er Nives wahr, die mit angezogenen Knien in einem alten Sessel kauerte, die Arme um die Beine geschlungen hatte und ihm mit verschleiertem Blick entgegenlächelte. Ach, du Irrer, rief sie halblaut, noch bevor Steve aufstehen und ihn mit Hallo, Mann! begrüßen konnte. Er taumelte auf Loris zu und umarmte ihn: Mann, lispelte er, ich habe für dich einen Granatapfel geklaut. Er holte aus einer Ecke einen gelblichroten Ball, der aussah wie ein haarloser Kinderkopf.
Aus Jaimes Garten, raunte er und schüttelte leicht den Kopf, aus dem Garten unseres Friedensrichters.
Warum war Nives hier? Warum fragte er sich das? Wo hätte er sie denn auch finden sollen? In Tonys leerem Haus? Oder bei Ivo? Im Meer? Sie trug eine rosaseidene Bluse und die Shorts, in denen sie von der Bucht weggegangen war.
Steve führte vor, wie ein Granatapfel geschält und in seine Zellspalten zerrissen werden mußte, um an die Kernschicht zu kommen. Man ißt nicht die Haut, sagte er, die sowieso zu hart ist, und auch nicht die gelben Zellwände, nur der Saft ist köstlich. Loris wollte zum Fluß, er wollte nichts Bestimmtes, weder glücklich noch unglücklich sein, er wollte lediglich dem Wassergeräusch folgen und ans Ufer des Flusses kom-

men. Da stand Nives wortlos auf und durchquerte die wenigen Meter, die sie trennten, und sagte zu ihm: Komm, gehen wir zum Fluß.
Sie zeigte ihm den oberen Teil des Deltabeckens, Loris war barfuß, und er sah erst jetzt, daß Steves Zelt am Fuße der indianischen Berge gelegen war, die hinter Santa Cruz aufstiegen und mannshoch mit Dickicht überwuchert waren. Er folgte Nives durch Mango- und Bananenplantagen bis zum Knie des Flusses, wo dieser sich zur Breite eines Sees ausdehnte. Auf der anderen Flußseite färbten Millionen von lilablauen Doldenblüten das Ufer ultramarin. Eine Schar von weißrosa gefiederten Flamingos stand im Flußsand. Warum haben wir nicht miteinander gesprochen? Warum haben wir nicht über das gesprochen, was passiert ist? Nives setzte sich nah am Wasser auf die Ufersteine, Loris stelzte vielleicht zwanzig Schritt entfernt am Rand des Dickichts herum, streckte sich aber nach einer Weile auf den Steinen aus, zuerst mit schmalem Blick auf das dunkle Wasser und dann mit geschlossenen Augen, nur mehr lauschend. Er verstand nichts und niemand, er war nicht eifersüchtig, es kümmerte ihn nicht, ob es einen Grund gab oder nicht, es war etwas anderes, etwas Unbegreifliches: Er war froh, daß Nives zwanzig oder dreißig Schritte entfernt von ihm war und für sich am Ufer hockte. Eine jähe, kalte Leere füllte ihn aus, er wußte nicht, warum und warum jetzt, er wußte nicht einmal mehr, wieso dieser Mensch hier mit ihm an diesem Fluß war, er spürte nichts als diese Leere, die Traurigkeit, daß dies alles unvermeidlich sein sollte oder mußte, und er sah sich mit ihr in einem Zimmer, das sie noch nie zuvor betreten hatten, er lag mit schwarzen Jeans und schwarzem Pullover auf einem schmalen Bett an der Wand und sie, angekleidet, auf dem schmalen Bett an der anderen Wand, ihre Gesichter hatten die größtmögliche Entfernung in diesem Zimmer, sie

hatten sich zurückgezogen einer vom anderen und hörten nun beide auf den Wind, der die Kälte des kleinen Raumes von einer Seite auf die andere blies, und obwohl er alle vorhandenen Lampen angeschaltet hatte, wuchs körperhaft und doch unfaßbar der Verlust; nur darin verstanden sie einander, Nives und er, ohnmächtig und zu erschöpft, um noch einmal eine Erinnerung nachzuleben, sie waren sich lediglich eins im Mitleid, im Wissen um das Verlieren, und liebten einander – tatenlos. Er wünschte sich eine traumleere Bewußtlosigkeit, doch Nives schaute auf ihn, als sei er die Folge ihrer Abwesenheit oder ihrer Sehnsucht und Selbsttäuschung.

Es regnet nicht, warum regnet es nicht, er rieb seine Hände an verschiedenen Flußsteinen, einmal hob er einen an seinen Mund und küßte ihn. Später, vielleicht lag eine Ewigkeit dazwischen, ging er bis zum Wasserrand und tauchte die Füße ein; wäre sie dieses Wasser, dachte er, wäre sie ein Fluß –, er wollte zu ihr gehen, doch da kam sie, nur mehr wenige Meter von ihm entfernt, auf ihn zu, er fragte, ob ihr zu kalt sei so nahe und so lange am Fluß, sie aber sagte, ihr sei so heiß, als trüge sie einen schwarzen Pullover.

Warum schwarz? fragte er.

Weil das keine, also meine Farbe ist, sagte sie und neigte ihr Gesicht ein wenig auf die Seite, so daß er es wie eine Fotografie mit Sorgfalt betrachten konnte, bevor es ihn überfiel mit nassen Lippen und Zähnen und Augen, und er noch immer die Stelzbeine der Flamingos sah, aber zugleich auch diesen Atem und die Hitze ihrer Körper plötzlich wieder als eines empfand. Ich will, sagte sie, daß es nie mehr aufhört, und, ohne ihm zu drohen: Ich ertrage es nicht mehr. Sie fuhr ihm mit einer Fingerkuppe um den Mund: Bring mich weg von hier.

Sie saß da in der Hocke, als könnte sie die Flamingos mit der

flachen Hand heranlocken, als wollte sie den schlafenden Vögeln übers Gefieder streichen.
Hör nicht auf mich, sagte sie, hör nicht auf mich.
Zuerst war es das Rauschen der auffliegenden Flamingos, dann das Rauschen des heftig hereinbrechenden Regens, der sie innerhalb von Minuten wegzuschwemmen drohte, Nives rannte los, Loris versuchte sie an die Hand zu nehmen, aber sie rannte nur, und er hinter und neben ihr her durch den Bananenwald, erst als sie die ersten Hütten erreicht hatten, blieben sie stehen. Einen Augenblick lang sah er ihr ins Gesicht, das fingerdünn umrandet war von dem triefenden Haar, und vielleicht kamen ihm ihre Augen deshalb vergrößert vor und dunkelgrau. Sie hatte einen Arm um ihn gelegt und er eine Hand auf ihrem Nacken, und so gingen sie ohne Eile Schritt für Schritt hinunter zum Dorfplatz, während der Regen auf sie herunterprasselte, als wollte er ihnen die Augen aus den Höhlen spülen. Auf der Plaza stand das Wasser knöcheltief; durch den dichten Regen erkannte Loris gerade noch die Umrisse von Quadelupes Imbißhütte, lieb mich, lieb mich, rief ihm Nives übermütig zu, aber dann hörte er den Befehlston und fragte sich, ob ihre Augen jetzt grausam waren.
Komm, schrie er und zerrte sie durch das Schlammwasser, komm, gehen wir ins Haus.
Laß mich, fauchte sie, verschwind, sie hatte sich abrupt weggedreht und watete über den überschwemmten Platz zur geteerten Straße, auf der das Wasser wie ein Bergbach herunterschoß. Als Loris ihr folgen wollte, wandte sie sich um und rief: Wenn du mich noch einmal sehen willst, dann verschwinde jetzt!
Er wandte sein Gesicht ab von ihr und beobachtete doch, wie sie sich entfernte, wie ihre Konturen sich mit jedem Schritt mehr verwischten im Regen, der überall war, und erst allmählich wurde ihm wieder bewußt, daß er Füße hatte, die er

bis zum Schienbein ins Wasser stoßen mußte, um einen Schritt vorwärts zu kommen. Er schlug kurz darauf gegen Ivos Haustür und staunte, als ihm eine junge Frau aufschloß. Später fragte er sich, warum er nicht von der Gartenseite her durch die unversperrte Tür in sein Hängemattenzimmer gegangen war. Ivo war aufgekratzt freundlich, er hatte dieses Mädchen bei sich, eine der jungen Frauen aus Steves Zelt. Ohne Neugier fragte er Ivo, während er an dessen Eisenbett vorbei die Tür zu seinem Raum aufstieß, wo er letzte Nacht gewesen sei, ob er nicht die Schüsse gehört habe?

Schüsse? wunderte sich Ivo, ich war in Steves Zelt, du meinst vielleicht die übliche Dynamitknallerei der Fischer?

Kann sein, sagte Loris, schloß die Tür und schwang sich in die Hängematte.

Lange vergaß er sich im Hin- und Herpendeln und hörte nur auf das Trommeln des Regens, dann sprang er plötzlich auf, schlüpfte in eine trockene Hose und ein trockenes Hemd und lief durch das kurze Gartenstück hinaus auf die Plaza. Als er an dem Eckladen vorbeikam, war er wieder naß bis auf die Haut. Er watete über den Platz, die Teerstraße hinauf zu Tonys Hütte, öffnete die Tür und tastete sich ins Dunkel hinein: Nives? Er wartete bewegungslos, aber er hörte nur den Regen und die Tropfen im Raum. Trotzdem spürte er, daß sie da war: in irgendeiner Ecke, auf einer Pritsche. Durch kein Fenster fiel ein Lichtschimmer. Er stieß an ein Hängebett, das leer war, und legte sich hinein, hörte das Regenprasseln mit ausgestreckten Beinen, die Hände unter dem Kopf. Er roch die moderige Stille; warum hackten die Flamingos mit ihren Schnäbeln aufeinander ein vor seinen geschlossenen Augen?

Nives, rief er und war froh, daß es still blieb in Tonys Haus. Er hörte sie nicht atmen und auch nicht das geringste Geräusch einer Bewegung, und doch wußte er, daß sie da war: sie hatten sich beide verkrochen, halbtot vor Rachsucht lauschten sie beide auf das Zerreißen der Stille, auf das Zerreißen des Atems des anderen oder einen Ausbruch, aber Loris hörte nur das regelmäßige Aufschlagen der Wasserfälle vom Dach, und er schlief nicht. Plötzlich hörte er sie.

Ich bin unsichtbar geworden, sagte sie mit ruhiger, wacher Stimme. Er fand sie auf Tonys Pritsche, ihre Haare waren naß, sie lag mit nassen Shorts und nasser Bluse auf dem Blätterbett, aber er roch immer noch ihren bitteren Duft, diese Mischung aus Myrrhe und verdunstendem Regen.

Ich wollte, ich könnte jemanden umbringen, sagte sie, über seine Augen gebeugt.

Wen willst du töten?

Ich weiß nicht, vielleicht mich, vielleicht dich.

Sie entkleideten sich nicht, bewegten sich aber, als wären sie nackt, sie verweigerten sich einander bis zur Raserei.

Gegen Morgen sagte Nives: Schluß mit dem Delirieren, ich bin eine Frau und nichts anderes, mir gefällt alles, was schön ist, ich liebe alles, was schön ist, aber ich bitte dich, spiel nicht verrückt, ich bin eine Frau, ganz normal, und sonst gar nichts.

Er schwieg, er hatte zu seinen Füßen ein Deckenbündel ertastet, behutsam schälte er Nives aus ihrer Bluse, sie ließ es sich gefallen, auch daß er die Decke heraufzog, der kratzige Stoff kitzelte die Haut, sie lagen nackt unter der Decke, mit zugewandten Gesichtern, Nives streifte mit der Hand über seine Wange.

Magst du Musik? fragte sie einmal.

Er zeichnete mit dem Finger ihre Nasenflügel nach.

Ja, obwohl ich unmusikalisch bin.

Ich möchte, sagte sie nach längerem Schweigen, einfach still und nah sein, ohne zu streiten, ohne uns zu schlagen.

Mitten in einem Traum knatterte die Lautsprecherstimme an

Loris' Ohr, aber gleich darauf säuselte ihn die bekannte traurige Melodie erneut in den Schlaf. Er spürte einen Arm über seiner Schulter und fühlte sich aufgehoben wie unter dem gläsernen Kuppeldach eines Bahnhofs.
Er schlief wieder ein, doch nicht für lange, er spürte ihr Gesicht, das sie im Schlaf an seine Wange gelegt hatte. Ihr Arm ruhte über seiner Brust, dicht unter dem Hals, vieles, was sein, was geschehen konnte, fiel ihm ein, und er verscheuchte es, nichts war unüberwindlich, nichts konnte sie, durfte sie trennen, und wenn –. Er starrte in den Dachstuhl hinauf und hörte ihren ruhigen Atem und redete wortlos zu ihr hin: Haß mich nicht, vielleicht habe ich mich ja nur verirrt, vielleicht muß ich nur vorsichtiger sein bei deiner Unvorsicht. Irgendwann gegen Mittag weckte ihn Nives, ohne ihn zu berühren, ohne ihn anzusprechen, aber er merkte, wie sie sein Gesicht spöttisch lächelnd betrachtete: Du schnaufst wie ein dressierter Tiger streng im Takt, damit man sich nicht zu fürchten braucht, sagte sie, als er immer noch zögerte, die Augen ganz zu öffnen. Im Dämmerlicht der Hütte sah er dann zum erstenmal ihren Mund unbewacht von irgendeiner Angst und unbeschwert, und er hätte in diesem Moment gern auch ihre Augen gesehen.

Mit einem heißen Fladenbrot aus der Backstube traten sie hinaus auf die Plaza, auf die rote, bröselige Erde voller Spalten und feiner Risse, in denen die Hitze nistete unter einem wolkenlosen Himmel. David, der junge Dorfschneider, lehnte im Türrahmen seiner Hütte, stierte sie an und rief ihnen einen Gruß nach. Sie wollten auf einem Feldweg hinunter zum Meer, ohne an Steves Wohnzelt vorbeigehen zu müssen. Beim Überqueren der Plaza sahen sie vor dem Sanchez-Haus Kinder, die hinein und heraus rannten. In der Tür stand Ivo.

Sie haben eine Jahrhundertschildkröte an Land gezogen, Tom und El Loco haben sie heute morgen in der Flußmündung zu fassen gekriegt.
Nives und Loris gingen durch das Haus in den Garten; unter einem Mangobaum lag das Riesentier, eingesperrt und geschützt in seinem Panzer, der knapp einen Meter lang sein mochte. Die Kinder sprangen um die Schildkröte herum und ließen ihr keinen Fluchtweg, Steve lehnte an der Hausmauer, am Gürtel hing ihm ein riesiges Fahrtenmesser, das fast aussah wie ein Bajonett, El Loco versuchte den alten Herd im Hängemattenraum anzumachen, werkelte und fluchte und ließ die Kinder trockenes Bruchholz herbeischaffen; tatsächlich flackerte bald ein Feuer auf, und es kroch dicker Qualm durchs Haus. Ivo schleppte aus Quadelupes Küche einen riesigen Topf herbei, der aussah wie ein alter Waschkessel, und Jerry mischte sich ein: Can I help you. Er und Tom waren die einzigen, die Nives begrüßten; die anderen taten, als ob ihre Anwesenheit immer schon selbstverständlich gewesen wäre oder sie im Gegenteil Grund hätten, sie nicht zu bemerken. Loris klinkte die Schlaufen der Hängematte aus den Haken. Das Sanchez-Haus und vor allem der Garten waren inzwischen zum Dorfmittelpunkt geworden; am Anfang kamen die Neugierigen noch über den Rasen der Nachbarn Quadelupe und Jaime, doch nun liefen sie ungeniert durch die offenstehenden Türen, von der Plaza zum Garten und zurück. Unter dem Mangobaum aber lag noch immer die gewaltige Kröte im Grasgestrüpp, ohne den Kopf oder ein Flossenbein aus dem Panzer zu strecken, eine Festung mit feinen Linien entlang der Schildpattquadrate. Steve schlug mit einem Stock auf den Panzer ein. No, no, schrie El Loco und hüpfte mit bockigen Bewegungen zwischen dem Tier und Steve auf und nieder. Quadelupe brachte ein dünnes Seil und meinte, damit müßten sie den Kopf aus dem Panzer ziehen und ab-

schnüren, doch Jerry stellte sich zwischen Quadelupe und El Loco und protestierte, nein, dieser Tortur könne er nicht zustimmen.
Wer redet von Tortur, ärgerte sich Ivo, wenn die Kröte nicht einmal den Kopf rausstreckt, also, bleib ruhig, Jerry, niemand steckt den Kopf freiwillig in die Schlinge.
Nives hatte sich auf das Blätterbett in Ivos Raum geschwungen, ich hol uns Zigaretten, rief Loris ihr zu und stieß vor der Tür auf Tomas, der ihm aus dem Laden gleich ein Päckchen herüberbrachte. Tom bot Nives einen Joint an, den sie schelmisch zurückwies und an Jerry weiterreichte. Plötzlich tauchte El Loco mit einem glühenden Eisen zwischen einer Zange auf und schabte damit mehrmals über den Rückenpanzer der Schildkröte.
Mann! schrie Jerry, hör auf mit dieser Folter.
Aber in diesem Moment stieß die Schildkröte den Kopf hervor und spreizte gleichzeitig die Flossenbeine. Mit einem Satz war El Loco bei dem erstaunt dreinschauenden Steve, schob ihn zur Seite und riß seine Machete aus dem Gürtel. Mit schnellen, präzisen Schlägen hackte er zuerst den Kopf, dann die Vorderflossen und den Schwanz der Schildkröte ab. Während Ivo zwei Haken in den Türsturz schlug, schlang El Loco das dünne Seil um die Hinterflossen, machte zwei Schlaufen, und Tom und Ivo hängten das schwere Tier an die Haken. Die Schildkröte muß bis zum Abend baumeln, krähte El Loco, je länger das Fleisch ausblutet, desto besser die Suppe. Quadelupe hatte eine große Blechschüssel unter das Tier gestellt. Das Blut sei das Beste, besonders mit Essig, wiederholte sie mehrmals, Blut und Essig, das sei das Beste.
Im niedergetretenen Gras lagen der runzelige Kopf und die Flossenbeine, Loris bemerkte, wie Nives darauf starrte, als würde sie das Geschwätz und das Herumlaufen der anderen gar nicht wahrnehmen. Auch der alte Reyes hatte sich inzwi-

schen eingefunden, er stocherte im Gras herum und riet dringend, beim Auslösen des Fleisches ja darauf zu achten, die Galle nicht zu verletzen. Tom hatte eine Flasche Tequila herbeigeschafft.

Die Tür zum Garten war wie zugehängt von dem großen Körper, Loris roch das Blut, das in die Schüssel auf der Türschwelle tropfte. Nives berührte seinen Arm, lehnte sich an ihn, er begegnete Ivos Blick und sah Tom lächeln, als Nives ihren Kopf zu ihm hochhob und ihn auf den Mund küßte. Maria aus Steves Zelt kam mit zwei Pappbechern auf sie zu: Tequila? blinzelte sie Nives an, wir werden das ganze Dorf einladen, wer kommt, kann mit uns zwei Tage lang Schildkröte essen. Ivo nickte Loris fast gönnerhaft zu: Ein Fest für alle. Nives zog Maria mit einer Hand an sich heran und strich ihr über die Stirn, dann wandte sie sich an El Loco, der vor dem Herd kauerte: Leg Holz nach, wir brauchen sehr bald eine Unmenge heißes Wasser; schmaläugig nahm sie ihm die Machete aus der Hand, schwang sie ein paarmal über ihrem Kopf und machte dazu ein paar tänzelnde Schritte. Mit zwei, drei Hieben durchtrennte sie plötzlich ein Flossenbein und gleich darauf mit einem Schlag auch das andere, der dreißig oder vierzig Kilo schwere Rumpf des Tieres krachte in die daruntergestellte Schüssel, das Blut spritzte nach allen Seiten, auch auf Nives, ihr Gesicht war rot getupft, El Loco wollte ihr die Machete entreißen, aber Loris fing seinen Arm ab und hielt ihn einen Augenblick lang fest, bis Nives sich umgedreht und El Loco die Machete mit einem Danke zurückgegeben hatte. Quadelupe jammerte über das verschüttete Blut, der alte Reyes, der auf dem Stuhl in Ivos Zimmer thronte, entschied, daß nun der Bauchschild sofort abgelöst und das Fleisch herausgeholt werden müsse. Während Quadelupe die Schüssel mit dem restlichen Blut in eine sichere Ecke schaffte, schleppten Steve und El Loco die Schildkröte in den Garten und legten sie mit dem Rücken ins Gras, gleich neben die Brunnenröhre, unter die Loris immer wieder einen Eimer stellte, um ihn dann in den Topf über dem Herdfeuer zu gießen. Er bot El Loco eine Zigarette an, die dieser mit majestätischem Ernst entgegennahm. Während Steve sich über den Tierrumpf beugte, nahm El Loco zwei lange Züge, schnellte unerwartet jäh in die Luft und umkreiste mit wilden Sprüngen Steve, die Brunnenröhre und die Schildkröte, zuletzt zerdrückte er die Zigarette auf dem Schildpatt des Tieres. Der alte Reyes hatte sich indessen Nives genähert und ließ sich von ihr in den Garten hinausführen, obwohl er sichtlich gut zu Fuß und ohne Stock war. El Loco zog seine Machete aus dem Stoffgürtel, aber Reyes machte ihn mit seiner Raucherstimme auf Steves langes, spitzes Messer aufmerksam. Ja, nickte er, das sei das richtige für diese Arbeit.

Steve reichte dem Narren das Messer, und El Loco prüfte es, indem er seinen Blick langsam der Schneide entlang wandern ließ und es schließlich an seinem Ärmel abwischte, dann erst fuhr er mit der Spitze an den Außenlinien des Bauchschildes entlang und klappte schließlich die Hornplatte auf. Mit der Behutsamkeit eines Chirurgen löste er die Haut vom Fleisch, schälte die Masse mit blitzartigen Messerstichen aus der schützenden Hülle und warf die schrumpeligen Fetzen hinter sich, noch flinker zertrennte er den Rumpf; Haut und Gedärme warf Quadelupe über den Zaun ihren Schweinen zu, Jerry wollte für die Galle ein Loch schaufeln, aber El Loco lachte wütend auf und zerstampfte sie mit seinen bloßen Fersen. In einem Plastikbottich, den Tomas leihweise zur Verfügung stellte, brühte Maria auf Quadelupes Geheiß das Fleisch mit heißem Wasser ab, und schließlich stellten sie das Schaff mit den Fleischbrocken unter die Brunnenröhre und ließen frisches Wasser darüberfließen. Die Hitze war unerträglich ge-

worden, Maria sagte: Am Haken hätte die Kröte zu stinken begonnen.
Zu verwesen, verbesserte Ivo.
Und während Steve auf dem Spirituskocher Kaffeewasser zum Sieden brachte, warteten alle auf die Erlösung des Nachmittagregens.

Komm, sagte Loris, ich zeig dir ein moorschwarzes Süßwasser, sogar El Locos Pferd trinkt dort von Zeit zu Zeit. Sie stapfte durch den Sand der Baya Escalinata hinter ihm her, und als er kopfüber in das Mündungsbecken des Baches tauchte, sprang sie hinterher. Sie war eine gute Taucherin und entkam ihm, er schwamm ein Stück gegen die Bachströmung in den immer dunkler werdenden Schatten hinein, plötzlich stürzte sie von der Uferböschung auf ihn herunter und hängte sich an seinen Hals, als wollte sie ihn sofort ertränken. Er küßte sie mit aufgerissenen Augen, bis er ohne Atem war und sie von sich wegstoßen mußte, um aufzutauchen, und während er noch nach Luft schnappte, funkelte sie ihn an: Du brauchst mich nicht. Und er schrie: Nein, ich brauche dich nicht, ich brauche dich nicht, und tauchte wieder unter. Um zu wissen, daß ich lebe, brauche ich dich, dachte er, ich weiß, du würdest mir auf jeder Land- oder Schnellstraße ins Lenkrad greifen, du hast schon von Anfang an mit meinem Leben gespielt und mit deiner Angst. Der Nachmittagregen überraschte sie noch im Bachdelta, es war ein Wolkenbruch ohne Donner und Blitz. Es rauschte und platschte, der Regen traf sie mit voller Wucht, die herunterstürzenden Wassermassen schlugen auf sie ein, sie flüchteten sich unter Jerrys Baum mit der weit ausholenden Blätterkrone; ganz nahe am Stamm konnten sie sich mit den Händen eine noch fast trockene Mulde graben, darin lagen sie aneinandergepreßt und sahen in die immer dichter werdende Wasserwand: Wir haben uns ein Regengrab geschaufelt, sagte Loris und küßte sie auf die Nasenflügel.

Weißt du, warum ich hier in diesem Wasserloch liege? fragte sie. Weil mir das nur mit einem Irren wie dir möglich ist. Eigentlich möchte ich alles ausprobieren, verstehst du, aus Neugier, und du denkst natürlich: wie naiv, aber ich paß gut auf mich auf. Sie huschte mit den Lippen über sein Gesicht, er hätte nach ihr schlagen können wie nach einer Fliege.

Eine halbe Stunde vielleicht hatte der Regen gedauert, doch der Strand war in weniger als zehn Minuten wieder trocken und sah wie gefegt aus. Weder Loris noch Nives wollten jetzt zurück zum Sanchez-Haus und wanderten in Richtung San Blas, aber die Hitze nahm so schnell zu, daß sie, als hätten sie es verabredet, in das Wasser hineinstapften mit ihren Kleidern, bis sie von der ersten Welle überschwemmt wurden.

Ich kenne und mag dein Wünschen, hörte er Nives später sagen, es ist bei mir fast genauso, du bist die einzige Person – aber ich will nicht mehr leiden.

Warum machst du es dir so schwer, Nives? dachte er und blieb doch stumm, machte Schritte neben ihr her, einmal im Uferwasser, dann wieder im Sand. Nives redete wie in Trance: Und trotzdem kann ich nichts bereuen, im Gegenteil, ich bin mit und wegen Marcèl von Nordafrika nach Italien gekommen, er war mein erstes Glück, obwohl wir beide fast immer eher unglücklich waren, jedenfalls in Bergamo und dann in Mailand, wo er sich umbrachte. Er war schön, fast mädchenhaft, ja, er war tatsächlich beides – Mann und Frau, du kannst mich ruhig für verdreht halten, aber er war so anders als alles, was du dir vorstellen kannst. Sie schlüpfte aus ihrer Leinenbluse, zog sie sich über den Kopf: Versteh mich bitte nicht falsch, das alles ist lange her, ich erzähle dir meine kaputte Vergangenheit, die manchmal schlimmer nicht hätte sein können. Wir hatten bald kein Geld mehr, und es dauerte eine Weile, bis ich die Stelle als Assistentin bekam. – Marcèl und ich wohnten in Mailand, getrennt, weil wir uns keine gemeinsame Wohnung leisten konnten, und irgendwie kam es Marcèl auch entgegen, er wohnte lieber bei dem Freund, dessen Lyrik er übersetzte; getrennt sind wir uns am nächsten, sagte er scherzhalber, aber es war sein Ernst. Er oder sein Freund fanden für mich eine Unterkunft, ich weiß nicht, inwieweit Marcèl über die Eigenarten des Hauses informiert war, es war ein Appartementhaus für alleinstehende Frauen, ich hatte ein winziges Zimmer, vermutlich duldete oder akzeptierte mich der Padrone als Alibiperson für die Behörde. Ich konnte ein und aus gehen, ohne behelligt zu werden von dem, was in diesem Haus vor sich ging, das einzige Problem war der Padrone. Die Frauen liebten, verwöhnten und beschützten mich, manchmal brachte ich ihnen Kaffee oder Getränke aufs Zimmer, ja, auch während der Arbeit, ich war ihr Mädchen, beinahe ihr Serviermädchen. Trotzdem fuhr ich jeden Morgen mit dem Lokalzug nach Bergamo und kam meist erst am Abend wieder zurück. Es war jedesmal eine Befreiung, wenn mich Marcèl am Bahnsteig erwartete. Mit ihm zu gehen, neben ihm herzugehen war aufregend, die Leute drehten sich nach uns um.

Die Abendsonne wurde mild. Nives betrachtete Loris' Gesicht und ließ kleine Sandstreifen auf seine Stirn, seine Wangen, seinen Mund rieseln.

Warum bist du hier bei mir? fragte Loris, nachdem er den Sand weggeschüttelt hatte.

Weil du von meiner Vergangenheit frei bist, sagte sie, und ich dir gerade eben begegnet bin.

Ich war mit Rey zusammen, als sich Marcèl vergiftete, sagte sie plötzlich mit sehr klarer Stimme. Ich weiß nicht, ob wir unterwegs waren oder in Reys Mansarde in Mailand. Ich habe Rey in einer Diskussionsrunde kennengelernt, er war noch Architekturstudent, vor allem aber faszinierte ihn die Studentenbewegung in Italien und insbesondere die Hochburg Mailand. Ich habe Marcèl nicht mit Rey betrogen, ich merkte, daß ich zwei Menschen gleichzeitig lieben kann. Marcèl wußte von Rey, ich hatte ihm alles erzählt, er war ganz anders als Rey. Mit Marcèl zu leben war unmöglich, und doch werde ich ihn immer lieben. Ich weiß, daß er mich vor seinem Tod gesucht hat, in Bergamo und in Mailand, alle Telefonnummern, die er von mir wußte, hat er gewählt.

Loris ließ sich in den Sand zurückfallen, er wollte nichts mehr hören, obwohl er sie anspornte: Erzähl weiter.

Mit Rey bin ich durch halb Europa gefahren, und in Mailand haben wir unzählige Häuserwände rot angepinselt mit revolutionären Sprüchen: Wir wollen alles! Vogliamo tutto!

Loris hörte ihre Stimme und jedes Wort, aber er nahm den Befehlston nicht ernst, als sie sagte: Gehen wir, es wird schnell finster. Statt dessen watete er in die Ruhe des zurückflutenden Abendmeeres und sprang in den ersten Wellenkamm. Als er wieder auftauchte, schwamm Nives ruhig neben ihm, immer weiter hinaus in den schwärzer werdenden Pazifik. Später, als sie wieder Sand unter den Füßen hatten und sich aneinander drängten, sagte Nives: Es ist ein Gefühl, als hätte ich dich schon als Kind gekannt, als ich noch auf den Bäumen saß, auf der verdorrenden Plantage meines Vaters, das dritte von fünf Kindern, das sie einfach vergessen hatten, sie lachte, und lachend küßte sie ihn quer über das ganze Gesicht.

Sie folgten der Linie des Meeres, stiegen nicht die Böschung hinauf zur Dorfstraße, sie wanderten über den Sand der Baya, dann über die Muschelhalde und schließlich in scharfem Bogen zum Flußdelta der Boca. Auf halbem Wege zurück – sie waren nur mehr wenige hundert Meter von Steves Wohnzelt entfernt – zog Loris sie an sich und ließ sich mit ihr fallen, aber plötzlich wehrte sie sich, boxte mit beiden Händen hart gegen seine Brust und schaufelte ihm zuletzt Steinchen darauf – sie habe Angst vor ihm, sagte sie, und noch mehr vor sich selbst, weil sie sich so naiv auf ihn einlasse.

Die Steine schmerzten nicht, wenn Nives und er sich bewegten, es war ein Scheuern, das kaum zu hören war und das trotzdem in seinem Gehör hängenblieb.

Vielleicht, sagte sie, waren es die schwarzen Kakteen vor dem Busfenster, ich weiß es nicht, oder das zugenagelte Fenster in Hermosillo, vielleicht aber auch deine Augen, die du tagsüber nie, wie jeder normale Mensch hier, hinter einer Sonnenbrille versteckst.

In der rasch einfallenden Dämmerung stießen sie manchmal mit den Füßen hart gegen Steine. Loris umklammerte ihre Hand und versuchte in dem Zwielicht etwas zu erkennen. Die Musik war nun gut zu hören. Bevor sie an Quadelupes Küche vorbeigingen, hielt Nives ihn jäh zurück: Bleib bei mir, sagte sie, und ihre Finger verkrochen sich in seinem Haar.

Die Plaza war beleuchtet. Es hingen jedoch keine Glühbirnen-Girlanden von Baum zu Baum, sondern es war ein Feuer, das Jerry und Tom in der Mitte des Dorfplatzes in Gang hielten; von irgendwoher hatten sie drei Eisenstangen organisiert, sie in die trockene Erde gerammt und am oberen Ende zusammengebunden, an dem Gestell baumelte nun der Riesentopf. Jerry zerkleinerte mitten auf der Plaza Holzklötze und Äste, die ihm Ivo und Tom und die Kinder des Dorfes herbeischleppten. Nives und Loris traten fast unbemerkt dazu, es roch nach scharfen Gewürzen und verdampftem Essig, im Topf brodelte, kleingehackt in mundgerechte Stücke, die Schildkröte in einer duftenden Brühe.

Hallo, schrie Tom, als er Loris entdeckte. Jerry warf singend

Aststücke ins Feuer, Maria tauchte aus der hellen Tür des Sanchez-Hauses in das Halbdunkel des Platzes und trug einen übergroßen Suppentopf, sie stellte ihn, kaum daß sie Nives wahrgenommen hatte, auf den Erdboden, lief auf sie zu und hängte sich an ihren Hals, danach umarmte sie auch Loris.
Wo habt ihr euch denn versteckt? Den ganzen Nachmittag haben wir auf euch gewartet, ihr müßt euch mal den Tequila-Himmel da drin ansehen, sie lachte und deutete auf das Sanchez-Haus. Loris wollte ihr den Topf abnehmen, aber sie wehrte sich: Das ist meine Haute Cuisine! Ich bringe die Blutsoße, mit Essig aufgedünstet, auf dem Benzinkocher schön aufgeköchelt, mit Margarine, die Tomas spendiert hat, und Zwiebeln und Wurzelkraut, das nur Quadelupe kennt. Sie tanzte ausgelassen mit dem Suppentopf und kippte den köstlich riechenden Inhalt schließlich in den Kupferbottich, den Jerry sofort wieder mit einem hölzernen Deckel schloß. Das Feuer erleuchtete beinahe den ganzen Dorfplatz, und obwohl keine Lautsprechermeldung die Leute informiert hatte, kamen sie nun von allen Seiten, die Plaza füllte sich, die Kinder hopsten händeklatschend um das Feuer herum. Im Sanchez-Haus waren Stuhl, Blätterpritsche und Hängematte besetzt, die Indios hockten an den Wänden, auf der Fensterbrüstung, in den Ecken und Winkeln bis zum Garten hinaus; Maria und Nives schnitten das Brot, das Tomas aus der Backstube seiner Mutter auf einem Maulesel geholt hatte, Steve lehnte mit einem Joint im Mund neben dem Plattenspieler.
Loris hörte dem alten Reyes zu, der unter dem Dach der Witwe Sanchez eine Geschichte erzählte, es war die Geschichte des sprechenden Vogels, der die Ursache dafür gewesen sei, daß der junge Reyes die Kraft hatte, auf eigene Faust das Alphabet zu lernen. Nives küßte den alten Reyes auf die Glatze und tanzte vor ihm her durch den Pritschenraum, Ivo

schenkte ihm ein Quentchen Tequila ein, Reyes trank es aus, leckte auch den Rand des Glases ab und begann von der Zeit zu erzählen, in der er in der Sonora Goldstaub gewaschen habe. Loris hörte nur mehr mit einem Ohr zu, er suchte Jerry, er wollte wissen, warum er – ach was, vielleicht wußte Jerry tatsächlich nicht, wohin Rey gefahren war.
Ivo streifte an Loris vorbei und sagte: Nimm dich in acht – oder auch nicht –, aber du mußt auf alle Fälle die Kontrolle behalten.
Tom hatte mit El Loco zu tanzen begonnen, sie hopsten eine Weile ausgelassen hin und her, und als Loris den Raum durchquerte, um in den Garten zu gehen, kreischte Tom jubelnd auf und sang: This world is so confusing –.
Jerry schuppte unter dem dünnen Strahl der Wasserleitung inzwischen die Fische ab, die der alte Reyes mitgebracht hatte. Ein Fest der Gringos für alle!, Jerry schien glücklich zu sein mit seinem Fisch, er hob die Hand mit dem Messer wie zur Rechtfertigung dafür, daß er so sein Teil beitrug zu dem Fest. Ivo kam aus dem Halbdunkel, legte Loris freundschaftlich eine Hand auf die Schulter und sagte: Nun hast du, was du immer schon haben wolltest – Bananenpalmen und Mangobäume vor deiner Schlafzimmertür.
Im selben Moment hörten sie ein Motorengeräusch, als ob ein Hubschrauber über ihnen kreiste oder zur Landung ansetzte, oder Hände irgendwo endlos klatschten. Ivo zog Loris unter den Mangobaum und hielt ihm seinen Pappbecher mit Tequila hin. Loris ließ das Getränk langsam die Kehle hinunterrinnen und genoß den körperlosen Geschmack der kalten Kaktusrinde. Nachdem sich sein Freund augenzwinkernd wieder davongemacht zu haben schien, versuchte Loris durch den Garten zur Plaza hinauszukommen, ohne noch einmal seinen Schlafraum durchqueren zu müssen, er spürte jedoch sofort Ivos Hand auf seiner Schulter: Bleib auf der Plaza,

amüsier dich, aber laß dir nicht einfallen, jetzt zur Bucht zu gehen und aufs Meer zu glotzen.
Tom und Maria verteilten weiße Plastikteller und das dazugehörige Besteck. Ein Geschenk von Steve, sagten sie, er habe das Zeug aus San Diego mitgebracht bei seiner letzten Fahrt. Jerry schöpfte die Fleischstücke in die Teller, er war eingekreist von eßlustigen, neugierigen Kindern, Erwachsene mischten sich wenige darunter, ein paar Mütter und Großmütter der Kinder. Eine öffentliche Speisung, strahlte der Graubart. Loris schob einen Bissen zwischen die Zähne und stöhnte: Scharf!, aber er hatte sich nur die Zungenspitze verbrannt. Außerhalb des Lichtkreises, den das Feuer warf, nahm er jetzt auch Männer wahr, die an den wenigen Bäumen der Plaza lehnten oder darum herum standen, einige hockten auf dem Boden und schauten den Gringos zu, die nicht besser wohnten als sie und offensichtlich verrückt waren, weil sie aus dem reichsten Teil der Welt kamen und hier lebten wie sie, ein wenig besser vielleicht, doch kaum der Rede wert, und sie schienen unbewaffnet zu sein.
Er wollte mit Nives Schildkrötensuppe essen, kreiste um den Platz; die Männer lachten mit den Augen, veränderten aber kaum einmal ihre Körperhaltung, wenn er an ihnen vorbeikam, keiner von ihnen versuchte ihn anzureden.
Er ging ins Haus zurück, er hatte seit einer längeren Weile weder Nives noch Steve gesehen. El Loco tanzte mit bloßen Füßen über den erdigen Boden, übersprang – so schien es Loris – oft lange Musikpassagen, blieb aber doch immer im Rhythmus. Maria und Tom versuchten mitzuhalten, wohl um damit auch die anderen zu ermuntern, aber irgendwie verstellten sie El Loco stets den Raum, nur Jerry gelang es später, als Maria ihn zum Tanzen aufforderte, sich dem verrückten oder erleuchteten El Loco zu nähern, indem er die Füße in so wunderbarer Übereinstimmung mit dem Rhyth-

mus bewegte, daß die Kinder bewundernd in die Hände patschten.
Schließlich sah er Nives und Maria vor dem offenen Fenster mitten auf der Straße tanzen, zwischen dem Sanchez-Haus und dem Laden, in dem Tomas das Licht brennen hatte. Loris sah ihnen längere Zeit zu, Maria lächelte, als wäre sie in die Luft und ihre schmalen Füße verliebt, und strahlte auch Nives an, die manchmal die Arme hochwarf und im Rhythmus wie Flügel schweben ließ. Als er vor die Tür trat, hob Nives kaum den Kopf, winkte ihm jedoch mit einer verdrehten Hand zu und tanzte weiter, und erst als er wieder im Haus war, neben dem Plattenspieler an der Wand lehnte und immer wieder einmal die Nadel aus der Leerrille hob, erst da tauchte Nives wieder auf und ließ sich neben ihn auf die Lehmerde sinken. Sie nahm seine Hand und führte sie an ihr Gesicht, preßte seine Finger an ihre Wange, gegen ihre Augen, an ihren Mund und sagte plötzlich: Rey ist zurück.
Seltsam, dachte Loris, daß mir das egal ist.
Was hat das mit uns zu tun? fragte er.
Nichts – im Grunde nichts, es ist nicht wichtig, sie begann hüstelnd zu lachen, aber es klang fast wie ein Weinen.
Wo ist er?
Wahrscheinlich da, wo vorhin der Hubschrauber runtergekommen ist, nicht weit von Steves Zelt, und dort steht inzwischen wohl auch Reys Lastwagen, ich kann's dir später mal genau erzählen. Sie lachte wieder mit dieser verletzten Stimme.
Komm, bat sie ihn, tanzen wir, ich möchte mit dir tanzen.
Sie sah ihn mit schmalen Augen an, als nähme sie Maß an seinen Händen, seinen Schultern, seinem drei, vier Tage alten Bart, seinen Lippen, seiner Stirn, seinen in den Nacken fallenden Haaren, drückte sich im Tanzen immer mehr an ihn und sagte: Wir können heute in Tonys Hütte schlafen.

Und Rey?
Was hat das mit uns zu tun?
Inzwischen war das ganze Dorf auf der Plaza zusammengeströmt, und mit verlegenem Kichern ließ sich der eine oder andere einen Teller Suppe mit vielleicht einem Happen Schildkröte aushändigen.
In der Eingangstür zum Sanchez-Haus stießen sie auf Rey, der Nives an sein verschwitztes Hemd drückte. Sie drängelten sich zu dritt in Ivos Schlafraum; Rey schien sich erst in zwei Gedächtnisanläufen wieder an Loris zu erinnern: Der Mann in Jerrys Hütte, rief er fast fröhlich, was zu der halben Umarmung paßte, in die er auch Loris kurz einbezogen hatte. Loris stieß ihn nicht zurück. Er war nur erschrocken über die Ähnlichkeit, die ihm erst hier in diesem Raum auffiel – die Ähnlichkeit mit ihm selbst.
Rey bekam von Nives einen vollen Teller Schildkrötensuppe gebracht, er löffelte ihn stehend aus. Sie aber stellte einen Tellerstapel mitten ins Zimmer, so daß ihm alle ausweichen mußten, auch Rey, und ging ohne Hast in die Hocke und lehnte sich, kaum merklich, mit der Schulter an Loris. Er spürte ihre ruhige, drängende Kraft und wußte, daß sie jetzt alles herausfordern könnte, daß sie sogar auf eine Herausforderung lauerte. Und in dieses lustvolle Nichtreden hinein dröhnten plötzlich Wortfetzen aus den Lautsprechern der Plaza, gebellte spanische Worte, die Loris nicht verstand. Aber hier, in diesem Raum des Sanchez-Hauses, schien sich niemand darum zu kümmern.
Rey kreiste um den Tellerturm. Wie habt ihr dieses Suppenfleisch aus dem Meer gefischt? fragte er. Mit einer Schlinge, antwortete Nives, unglaublich, nicht wahr? Sie sagte es ohne jeden Spott. Von Ivos Eisenbett kam unerwartet Jerrys vibrierende Stimme: Wer die Macht will, ist geisteskrank.

Mann, seufzte Tom, gibt es noch irgendwo einen Tropfen Tequila, der sich solidarisch von Mund zu Mund reichen ließe?

Augenblick, sagte Rey, rief Nives und bat sie, eine Flasche aus dem Lastwagen zu holen: Du weißt ja, wo. Doch sie bewegte sich nicht. Vom Platz her hörte man schrille Kinderrufe, und Rey machte ein paar Schritte auf Nives zu, die noch immer neben Loris saß. Auf einmal hörten sie, daß auch aus den Lautsprechern draußen Tanzmusik kam, die in kurzen Abständen von einer schnarrenden Ansagerstimme unterbrochen wurde.

Komm, sagte Rey, und Nives schüttelte den Kopf, komm, wiederholte Rey noch einmal, und Nives ließ sich hochziehen und folgte ihm auf den Dorfplatz hinaus.

Loris drückte seine Schultern gegen die Wand, sie kann sein, was sie vielleicht überhaupt nicht sein will, dachte er, sah ihren Kopf draußen auf dem Platz da und dort auftauchen, Rey tanzte mit ihr zu diesen schwindsüchtigen, herzkranken Latinoschnulzen; Tom schaufelte die letzte Glut in eine Pfanne, trug sie ins Haus und hockte sich dann neben den alten Reyes vor die Hüttenkirche; El Loco stampfte auf der anderen Seite der Plaza einen Beschwörungstanz, kaum noch von ein paar Kindern beachtet.

Auf einmal stand Nives vor Loris und sagte: Komm mit zu Tonys Hütte. Der Dorfplatz war nun voll von Leuten, alle drängelten oder schoben sich im Rhythmus der Lautsprechermusik von einem zum anderen Ende der Plaza, sie beide zwängten sich durch den hin und her wogenden Menschenteig dieses Dorfes, das statt zum Schlafen unerwartet zum Tanzen kommandiert worden war. Mitten in der Woche, schrie ihm Nives ins Ohr, wird das Dorf zum Tanzen eingeladen, denn am Sonntag ist Prasidentenwahl – ein Ball auf dem Dorfplatz ohne eine Wahlrede!

Endlich auf der kurzen Teergasse, erreichten sie schnell Tonys Hütte, sie war unverschlossen.
Es ist alles anders mit dir, sagte Nives.
Aber du lebst mit Rey.
Sie legten sich auf den Sandboden in der Mitte der Hütte.
Ich lebe nicht mehr mit Rey, flüsterte Nives.
Du bist mit mir, aber du bist auch mit ihm, du kannst zwei Menschen gleichzeitig lieben, hast du mir erzählt.
Das habe ich dir erzählt, ja, sagte sie, und doch ist alles anders, es ist etwas mit dir, was ich nicht verstehe, was ich auch nicht verstehen will, es ist ein Gefühl, das mich erschreckt und mich lähmt, weil ich nichts dagegen tun kann, ich habe Angst vor mir und könnte mich zugleich im Spiegel und auch ohne Spiegel dafür küssen, ununterbrochen, wie eine Verrückte, ich möchte mit dir sein, bei dir bleiben, aber dann diese Angst, ich weiß nicht, ob du das verstehst, daß ich Angst habe, wenn ich dich will.
Weißt du, sagte sie nach einer Pause, ich habe schon Bäume umarmt, weil ich immer dachte, Bäume haben keine Angst, obwohl sie leben.
Er sah ihre Augen, er sah ihr schweißnasses Haar und strich es ihr aus der Stirn, er sah sie lachen im Halbdunkel der Hütte.
Du mußt alles von mir wissen, sagte sie.
Ich fahre in die Staaten zurück, sagte Loris, kannst du, willst du mitkommen?
Ja.
Und dann nach Europa?
Ja.
Manchmal hörte er den Fluß wie ein geträumtes Geräusch aus unerreichbarer Ferne, und doch brauchte er mit Nives nur aus der Hütte treten, und ein paar hundert Meter weiter wären sie am Deltaufer gewesen. Öfter aber als den Fluß hörte er

den Dorflautsprecher, hörte er Musikfetzen und die zackige Ansagerstimme. Nives machte mit dem Mund einen Entenschnabel nach, er wunderte sich, daß er sie so unbeschwert sah, auf ihm lag ein übermütiges Mädchen, übermütig ließ sie ihre Finger über sein Gesicht krabbeln, fuhr mit den Nägeln über seine Augendeckel, die Nase und den Mund, ohne ihn zu verletzen. Sie ist beides, dachte Loris, eine Frau und ein Kind.

Erinnerst du dich an die Straße an der Grenze? fragte sie, ich bin ganz und gar untreu, sagte sie, meinetwegen könnte immer Nacht sein, ich liebe alles, was schön ist, ich bin krank danach, ich weiß nicht, ob du das verstehen kannst, so habe ich Marcèl geliebt und später Rey, und Rey hat das verstanden und es schließlich ausgenützt: Vogliamo tutto! Im Herbst wollte Rey zurück in die Staaten, und ich mit ihm; zuvor aber sind wir nach Kreta, er freundete sich dort mit einem jungen Modearzt an.

Sie schwieg eine Weile, es wurde kühl auf dem Sandboden, Loris schwor sich, nichts zu fragen, er wollte nichts wissen und wollte doch alles hören; alles was sie sagte, schmerzte, aber wie sie es sagte, verwirrte ihn mehr, als daß es ihn verletzte.

Dieser Freund, Kostas, hatte ein Mädchen, in das ich mich verliebte, vielleicht auch Rey, jedenfalls wurde dies der Anfang von allem: wir wohnten schließlich zusammen, und dann war Rey auch mit allem anderen einverstanden. Es machte mir Spaß, bis zum Verrücktwerden gefiel es mir, ich will, was ich will, und ich hatte, was ich wollte.

Noch immer dröhnten die Lautsprecher bis zur letzten Hütte, und es regnete nicht.

Was denkst du? fragte sie leise.

Ich gehe mit dir über Seil- und Holztreppen quer durch den Bauch eines Schiffes, sagte er, du zeigst mir die rostigen Rippen an der Bauchwand, und nun endlich stehen wir wieder auf Oberdeck, und du beugst dich über die Reling und wirfst die Handvoll Sand, auf dem wir geschlafen haben, ins Meer zurück, es war der Sand dieses Flusses.

Sie neigte sich über ihn, wollte seine Augen berühren, doch ihre Lippen kitzelten nur seine Wimpern: Wenn du das alles glaubst, was ich gesagt habe, verdienst du es, warnte sie ihn.

Auch wenn es nicht erfunden wäre, was hätte es mit uns beiden zu tun? fragte er.

Wie du es fühlst, so ist es wahr, sagte sie und zog ihn zu sich herunter. Ihre Stirn und Nase waren trocken und kühl, aber ihr Hals und ihre Brust schweißnaß, er küßte ihren Schweiß.

Wir könnten zu Fuß gehen –, sagte sie.

Wer hier geht nicht zu Fuß? lachte Loris.

Ich meine, sagte Nives, um von hier fortzukommen in die Staaten. Der Truck fährt nur alle zwei Wochen nach Tepic. Es sei denn, du willst mit Reys Hubschrauber ausgeflogen werden. Loris stützte sich mit dem Ellbogen ab: Der Hubschrauber – das Händeklatschen der Bäume. Plötzlich ein Trippeln auf dem Hüttendach.

Es regnet wieder, sagte Nives.

Wir können zu Fuß gehen, sagte er, wohin immer du willst, aber wir können auch bleiben, zumindest noch für einige Tage oder Wochen – ich habe hier inzwischen ein paar Freunde.

Loris, flüsterte sie, du hast doch alles verstanden, oder nicht? Sie schloß den Gürtel ihrer Shorts, stand für eine Weile über ihm, der noch auf dem Sandboden hockte, dann kauerte sie sich wieder neben ihn hin.

Reys Lastwagen ist fast gleichzeitig mit dem Hubschrauber aus den Bergen gekommen, aus Zacatecas, übrigens ein gutes Landefeld vor Steves Zelt, und vielleicht sogar von Ramos' und Pachos Leuten gesichert, alles mit den sogenannten Autoritäten des Dorfes abgestimmt, anders kann ich mir die Verlängerung des Festes per Lautsprechertanzbefehl nicht erklären, redete sie auf ihn ein. Ich weiß, was Rey macht, obwohl er mir fast nie etwas erzählt. Er ist kein Boß und nicht einmal ein großer Dealer, doch er lebt davon, und ich mit ihm, und für ihn sieht alles wahrscheinlich wie eine Kampfstrategie gegen den US-Imperialismus aus.

Wir müssen gehen, sagte sie, auch wenn es wieder aus Kübeln gießt.

Wie kommst du auf Ramos und Pacho? Bist du sicher, daß die in Santa Cruz sind?

Sie arbeiten mit der Abwehr zusammen, kennen sich im hiesigen Gringo-Milieu aus und handeln mit Dealern, die für die Revolution in den Staaten zu kämpfen glauben, oder auch nicht. Rey hat das schon lange durchschaut. Ich weiß nicht, welches Spiel er zur Zeit spielt oder mitmacht.

Loris stemmte sich vom Boden hoch.

Als sie vor die Hütte traten, merkten sie, daß die Tanzmusik verstummt war, daß sie zuletzt nur mehr das Trommeln des Regens gehört hatten. Aber plötzlich wieder die Befehlsstimme, die überlaut wiederholte: *Ausgangssperre*. Etwas später die Mitteilung: Bis sechs Uhr morgens! Wer bis dahin außer Haus angetroffen wird, auf den wird geschossen! Und dann, nach kürzerem Intervall: Die staatlichen Organe sind an der Küste und im Ortsbereich dabei, subversive Elemente dem Gesetz zu unterwerfen.

Durch das Bananenfeld – an der äußeren Hüttenzeile vorbei, auf keinen Fall über die Straße, flüsterte Nives, dann warten und schauen, ob das Haus nicht schon umstellt oder besetzt ist, vielleicht kannst du noch von der Gartenseite hinein und deinen Paß holen.

Nives sprach sehr ruhig, beinahe automatisch.

Plötzlich hörten sie Laufgeräusche und Keuchen. Zwei Schritt zurück, und sie standen wieder in der Hütte. Da flog die Tür auf, und Maria schlüpfte herein, sie troff von Nässe: Wahnsinn, sie schießen, sie schießen wirklich. Sie fiel Nives um den Hals und brach in Weinen aus.
Ich hab's nicht gesehen, aber Ivo rief plötzlich, und andere auch: Sie haben Rey erschossen.
Nives schob Maria von sich, rannte jedoch nicht zur Tür, sondern wandte sich zu Loris um, und statt ihn zu berühren, beschrieb sie – die Beine durchgedrückt – mit gestrecktem Zeigefinger einen Kreis: Bleib bitte hier! Beweg dich nicht aus dieser Hütte, ich bitte dich: schwör es mir! Ich komme zurück, ich komme dich holen – aber ich muß ihn sehen, ich muß wissen, was passiert ist, es geht nicht anders.
Loris konnte nichts sagen, es gab in diesem Moment keine Wörtersprache für ihn, er traf ihr Gesicht mit den Fingerspitzen zwischen Nase und Haaransatz. Warte hier auf mich! rief sie noch einmal und verschwand hinaus in den gießenden Regen.
Maria kam zögernd auf ihn zu, zog ihn auf den Boden herunter. Mach, was Nives gesagt hat, bleib hier und warte, redete sie auf ihn ein und schubste ihn ohne Notwendigkeit gegen die Wand: Sie waren plötzlich da, sie schossen ohne Vorwarnung durch das Fenster über die Köpfe bis in deinen Hängemattenraum, auch vom Garten her. Sie waren plötzlich da und schossen –.
Loris sprang auf. Ich verstehe, danke, sagte er und rannte hinaus in den Regen. Er schlug sich quer durch den Busch hinunter zur Bucht, vertraute sich dem Lärmen des Flusses an, er wußte, daß er nur durch das Röhricht unbemerkt zum Landeplatz kommen konnte, auch wenn das Sumpfwasser nun schnell stieg. Und trotz seines Hastens dachte er: Hier verstecken sich die Flamingos und die Pelikane zum Schlafen,

aber er hörte kein Aufflattern, kein Flügelgeräusch, immer wieder versackte er mit einem Fuß im Morast, klammerte sich an Strauchwerk, an Zweige, mußte jeden Schritt absichern in diesem sintflutartigen Regen, es benahm ihm fast den Atem. Aber schon bald hörte er – oder bildete er sich ein zu hören – Stimmen und das Zerhacken dieser Stimmen durch ein monotones Rattern, einmal sank er bis zur Hüfte ein, zog sich mühsam auf festen Grund zurück, und endlich hatte er wieder Geröll unter den Füßen, er war am äußersten Deltarand angelangt. Jetzt sah er alles oder fast alles: Steves großes Wohnzelt brannte, Reys Lastwagen drehte gerade eine halbe Runde und fuhr in Richtung Dorfplatz davon, machte jedoch plötzlich kehrt und raste bis auf wenige Meter auf den Hubschrauber zu, eine Frau sprang aus dem Lastwagen, stürzte mit vorgereckten Armen auf den Boden. Loris rannte los, durch den Kokoswald und über den Platz vor Steves niedergebranntem Zelt. Aus zehn oder zwanzig Schritt Entfernung sah er, wie sie zu Boden geworfen und wie ein Bündel zum Helikopter geschleppt wurde, er glaubte, ihre Stimme zu hören, sie rief ihn, und er schrie bis zum Zerplatzen seiner Stimme: Nives! Ich komme!

Sie schlugen ihn zusammen. Als er wieder zu sich kam, lag er auf einem schwankenden Untergrund, und es dauerte einige Zeit, bis er merkte, daß er auf dem Boden eines fahrenden Kleinbusses lag, langsam nur nahm er eins nach dem anderen wahr, er sah die Vergitterung, die den Fahrer und seine Begleiter vom Laderaum trennte, und er hörte das Fahrgeräusch, das Vibrieren und jähe Stoßen, die es begleiteten. Allmählich tauchten verschwommen vertraute Gesichter wie aus dem Sand oder dem Meer auf, er roch noch die Schildkrötensuppe: Tom, dessen Gesicht eingefroren zu sein schien, daneben Maria, die vor sich hin greinte. Jerry, der aufrecht zu sitzen ver-

suchte, schien noch immer ein einziges Lächeln zu sein. Erst nach einer Weile wurde Loris klar, daß er zwischen den Schuhen und Sandalen der anderen lag, vermutlich hatten die Polizisten ihn als letzten in den Laderaum geworfen.
Wo ist Nives? fragte er ein paarmal vor sich hin. Vielleicht hatte ihn niemand gehört, Jerry lächelte ihn unverwandt an; die anderen waren in sich versunken oder wollten nichts hören, sie redeten nicht, keiner sagte etwas. Die Seitenwände hatten keine Fenster. Es gelang ihm, sich so weit aufzurappeln, daß er sich neben Tom hocken und die schmerzenden Körperstellen abtasten konnte, am Hinterkopf fuhr er über eine dicke Beule, seine Fingerspitzen schmeckten nach Blut. Durch das Gitterfenster der Fahrerkabine drang nur der Reflex des Lichts, das die Scheinwerfer des Wagens warfen.
Wo ist Ivo? flüsterte Loris und blieb ohne Antwort. Erst nach einiger Zeit begann Tom in Bob-Dylan-Manier vor sich hin zu singen, und aus diesem heruntergenäselten Epos erfuhr Loris, daß Ivo entweder in Reys Lastwagen oder mit dem Hubschrauber verschwunden sei. Tom gelang es, die Stimmung ein wenig zu heben, indem er geschickt herausfand, daß die Indio-Polizisten im Fahrerhaus außer ›Hey‹ und ›Yes‹ und ›No‹ kein Englisch verstanden und das fremde Geschwätz mit Gleichmut über sich ergehen ließen. So erfuhr Loris schließlich, daß der Hubschrauber und Reys Lastwagen möglicherweise zusammengehörten. Tom meinte, daß der Helikopter von der Polizei zu einer dieser demonstrativen ›Reinigungsaktionen‹ kurz vor den Präsidentenwahlen eingeflogen worden sei, Maria hingegen behauptete, daß schon öfter Hubschrauber vor Steves Zelt gelandet seien und unbehelligt zentnerschwere Marihuana-Ladungen aufgenommen hätten, die zum Teil oder vor allem auch mit Reys Lastwagen herbeigeschafft worden seien. Tom fluchte,

er wisse nicht, warum Ivo auf einmal zur Bucht gerannt sei, und Maria sagte plötzlich: Ivo ist kein Spitzel. Er sei von Pacho oder Ramos oder von beiden möglicherweise hereingelegt worden; sie hätten seine Gutgläubigkeit und seine Vorliebe und Neugier für alles, was ihm fremd war, schamlos ausgenutzt.
Jerry, den auch das heftigste Rütteln und Rumpeln des Fahrzeuges nicht aus dem Yogasitz zu heben vermochten, sagte nur: Shit, und dann: Hört auf, euch wegen Ivo oder Rey zu streiten. Loris versuchte, den blauweißen Aufdruck auf Jerrys T-Shirt zu entziffern und meinte, es gehe nicht nur um Rey oder Ivo, sondern vielleicht um andere, das Leben von Freunden. Weiß keiner, was mit Nives geschehen ist? fragte er beinahe zornig.
Warum mischst du dich ein? Jerry lächelte ihn mild an. Woher willst du wissen, ob Nives nicht in ihre Grundposition zurückgekehrt ist, die günstigste Planetenkonstellation für ihr Glück?
Halt die Schnauze, zischte Loris und fragte dann irgend einmal in die Erschöpfung des Raumes hinein: Warum haben sie Rey erschossen?
Vielleicht hat ihn nicht einmal eine Kugel gestreift, sagte Tom, es war Ivo, der plötzlich ins Haus hineinschrie: Sie schießen auch auf Rey. Keiner von uns hat es wirklich gesehen.
Also könnte es auch ein Deal gewesen sein, murmelte Loris und dachte: Rey schafft den Stoff mit dem Lastwagen zu Steves Landeplatz, seine Polizeifreunde inszenierten die ›Säuberungsaktion‹ und entfernten dabei den eventuell noch brauchbaren Mittelsmann Ivo und die widerspenstige Freundin des Handelspartners aus dem politisch sensiblen Wahlbezirk. Und im gleichen Aufwasch werden die langhaarigen Gringos, die mit ihrem Nichtstun die Arbeitsmoral der Einheimischen zu untergraben drohten, weggeschafft, und das

auch noch ganz im Sinne der mexikanisch-amerikanischen Kooperationspolitik.
Loris konnte nicht abschätzen, wie lange sie schon in diesem vergitterten Lieferwagen unterwegs waren.
Ein paar Stunden vielleicht, oder auch erst eine, sagte Tom.
Bald darauf bemerkten sie eine Veränderung im Fahrrhythmus: Bremsen, Verlangsamen, stockendes Fahren und dann die jäh aufheulende Polizeisirene auf dem Dach des Wagens, sie mußten in einer Stadt angelangt sein, und tatsächlich hielt das Fahrzeug gleich darauf – umstanden von Polizisten mit schußbereiten Maschinenpistolen. Sie mußten einzeln von der Wagenrampe springen.
Sie befanden sich im Innenhof einer Polizeikaserne, einer Kaserne in Tepic. In einem kahlen, vergitterten Raum bekamen sie Kaffee und Brot und durften einzeln und bewacht die Toilette aufsuchen. Schließlich wurden sie namentlich aufgerufen und zu einer Art Verhör geführt.

Wenige Stunden später saß Loris erneut in einem Militärbus mit blau zugemalten Fenstern, aber ohne Vergitterung. Vorne und auf der rückwärtigen Bank hockten jeweils zwei Polizisten mit Maschinenpistolen; der Bus war halbleer. Loris fand unter den Mitreisenden kein vertrautes Gesicht.
Am Schluß seiner kurzen Befragung hatte ihm der verhörende Polizeibeamte in Tepic mitgeteilt, er werde wegen Beteiligung am kollektiven Marihuanakonsum zur unerwünschten Person erklärt und abgeschoben, den Grenzübergang könne er selbst wählen. Loris nannte, ohne zu überlegen, Nogales, den Ort seiner Einreise.
Er befand sich offensichtlich unter seinesgleichen: kurz vor den Präsidentenwahlen eingefangene Tramper, Langhaarige, alles Gringos, die der amtierenden Regierung als Beweis dienen mußten, daß sie Ernst machte mit ihrer Sauber-

mannpolitik. Loris sah auf die Schuhe des Polizisten eine Sitzreihe vor ihm: Der Mann, vermutlich ein Mestize, hatte ein Bein über das andere geschlagen, im ungefetteten Leder der Schuhe waren lange Risse. Jerry, Maria und Tom, erfuhr er von dem Polizisten, waren in Gewahrsam genommen worden wegen Verdachts auf Marihuanabesitz, Marihuanakonsums und möglicher Mithilfe beim Handel. Von Nives hatte der Polizist, der Loris nicht unfreundlich die eine oder andere karge Auskunft zugestand, noch nie etwas gehört.

Loris saß, wie die anderen Männer und Frauen in diesem Geisterbus, in einem sauberen weißen Hemd und gewaschenen Jeans auf einem sauberen Polstersitz. Es war ihm gleich, wohin seine blut- und dreckverschmierten Kleider verschwunden waren. Wir könnten zu Fuß gehen – dann warten wir auf einen günstigen Augenblick, hatte Nives gesagt.

Es waren ausschließlich junge Leute, die da mit ihm aus der Armut in den Reichtum abgeschoben wurden, es war sinnlos, bei ihnen nach Nives zu fragen; einmal rief er dennoch quer durch den Bus, aber in einem Tonfall, als wollte er eine Lachnummer ankündigen: Kennt von euch jemand Nives? Niemand antwortete ihm, obwohl sich ein paar Köpfe umdrehten, ein paar Gesichter ihm ein flüchtiges Lächeln zeigten. Alle drei- bis fünfhundert Kilometer wurde an den Benzinpumpen einer Polizeikaserne haltgemacht. An jeder dieser Haltestellen durften sie austreten und wurden mit einer Art Kaffee versorgt und einer Plastiktüte, in der zwei Stück Brot, eine Scheibe Käse und eine Halbliter-Plastikflasche Wasser waren. Beim ersten Halt hatte er im Klosettspiegel die Flekken in seinem Gesicht gesehen und die aufgeplatzte linke Augenbraue. Er hatte sich nicht gewaschen und staunte, daß sie ihn so abschoben.

Sie waren am Vormittag von Tepic abgefahren, und bei jedem Halt kamen ein paar unbekannte Gesichter hinzu. Während der Kaffee- und Latrinenpause in Ciudad Obregon sah Loris durch die Ritzen der blauen Fenstervermalung den zweiten Tag dämmern, und dann sah er auf die verdreckte Militärhose des Polizisten vor ihm, und nach einer Weile fragte er seinen Bewacher, der vielleicht die Dreißig schon hinter sich hatte, ob er verheiratet sei. Das Gesicht des Mannes blieb unbewegt, nur die Hände verschoben die Maschinenpistole auf den Oberschenkeln. Loris griff sich wie im Reflex an die Ohren, doch er fühlte nirgends eine Blutkruste.
Ja ich bin verheiratet, sagte der Polizist nach langem Schweigen.
Loris sagte nichts dazu und fragte auch nicht nach Kindern, für sich jedoch dachte er: Da sitzt er mit der Maschinenpistole und macht seinen Job, und während er seinen Kopf und seine Muskeln wach halten muß, um mich bei der kleinsten Überreaktion zu töten, denkt er oder denkt er nicht an das Vergehen der Stunden, an den Ablauf dieser öden Dienstzeit. Irgendwie beruhigten ihn das Gegenübersitzen und sein bezahlter Bewacher, dessen Uniform übersät war von gründunklen Flecken.
Er wunderte sich, daß er sich so ruhig fühlte, so aufgehoben. Oder war er nur müde und also zu erschöpft, um an Nives zu denken? Irgendwo war sie jetzt, lebte sie jetzt, ja, sie mußte leben, vielleicht unter einem Dach mit Rey? Ihm kam vor, als raschelte in nächster Nähe eine Zeitung, und Nives entschuldigte sich, daß sie ihn mit der Zeitung berührt hatte – und im gleichen Augenblick sah er sie durch das Fenster des Sanchez-Hauses mit Maria tanzen und dann mit Rey, aber er spürte auch die Wärme der Steine unter sich, die Mulde, in der sie lagen, und er hörte den Fluß. Bleib, wo du bist, ich komme.

Sie hatte die Beine durchgedrückt in Tonys Hütte: Du bleibst hier und bewegst dich nicht, schwör es.
Er schaute wieder auf die dunklen Flecken an der Uniform des Polizisten. Er schiebt mich ab zur Grenze. Diese Uniform ist wie eine Zollstation oder eine Grenze, an der man den Paß mit gesenkter Stirn herzeigen muß. Mann, ich weiß, du bist die Grenze – aber tatsächlich redete er mit Nives: Vielleicht langweilst du dich vormittags mit mir, er lachte, als ihm dies einfiel. Gegen fünf würde dieser Bus durch Hermosillo fahren.

Einmal, als die Kaktuswüste nicht mehr aufhören wollte, bemerkte Loris zu einem älteren Mann, der am Fenster saß und ihn entfernt an Jerry erinnerte: Da stehen sie und halten die Ohren steif, wie eine Armee von Kriegsveteranen, diese Opuntien. Aber der Angesprochene korrigierte ihn: Mann, was für Opuntien? Das da sind Ocotillos.
Als sie in Nogales aussteigen durften, entlassen wurden in die Obhut der amerikanischen Grenzpolizei, war schon wieder eine Nacht vorbei. Loris spürte den Morgen, ohne den Himmel oder einen Strahl Sonne zu sehen. Die amerikanischen Beamten waren höflich, sein blutverkrustetes Gesicht bereitete ihnen keine Sorge, und dennoch bestanden sie mit Smiling und Kaffeeanbieten darauf, daß er in den nächsten Greyhound-Bus stieg, der ihn zu seiner Garantie-Adresse nach New York zurückbringen würde, es sei denn, er ziehe einen Flug vor auf eigene Rechnung. Sie stellten ihm für den Grenzbezirk von Nogales eine Aufenthaltsbewilligung von zwölf Stunden aus.
Er trank einige Pappbecher leer, abwechselnd Kaffee und Cola, kaufte sich eine Sonnenbrille der besonderen Art und landete schließlich in der Toilettenanlage, wo er das Wasser vom Hahn trank. Und wenn ich mich verwandeln müßte,

ich finde dich, sagte er ins Wasser hinein. Das Leitungswasser rann über sein Gesicht, über seine geschlossenen Augen, über seine verkrustete Haut: Du bleibst hier, hatte sie befohlen, ich komme hierher zurück! Er riß Blatt um Blatt von der Papierrolle, trocknete das Gesicht und sah sich nur noch schemenhaft im Spiegel, verdunkelt durch die Sonnenbrille.

Joseph Zoderer

Die Walsche

Roman

Band 13249

Für drei Tage, zur Vorbereitung der Beerdigung, ist Olga aus der Stadt herauf ins Schulhaus gekommen, nach Hause zum Vater, dem Lehrer, der sich zu Tode gesoffen hat, weil nichts übrig geblieben ist vom Traum eines besseren Lebens. Olga fühlt sich fremd zu Hause, unter den Bauern des Dorfes, die sie von Kindesbeinen an kennt und die ihr jetzt nicht ins Gesicht sehen, weil sie hinuntergegangen ist ins Tal, in die Stadt und ausgerechnet zu einem Walschen, einem Italiener, mit dem zusammen sie eine Cafeteria betreibt. Aber auch dort, unter den Italienern ist sie fremd, spürt das Anderssein, das Auskommenmüssen mit ihren sparsamen Gesten und wenigen Worten. Je näher der Tag der Beerdigung rückt, desto bedrängender werden die Fragen, Erinnerungen, Zweifel und manchmal auch die Angst. Am Ende weiß sie: ins Dorf, in die Jahre der Kindheit, führt kein Weg mehr zurück.

Fischer Taschenbuch Verlag

fi 206 / 10